U0068437

漫步市井
聽故事

劉玉梅 著

自序

這些人，在我們周遭。
那些事，我們都知道。
時代的現象、社會的風潮，來了又去了。
巷議街譚，點點滴滴都是庶民生活真實的樣貌。

目次

第二章　時代映像：這些人，那些事　075

第一章　歲月流轉：何金姑與王明輝

何金姑

臺北，五月的第一個週日，清晨涼風微微、天空湛藍。窗外矮樹枝頭鳥雀歡樂的歌唱聲，將熟睡中的老婦人何金姑喚醒。她睜開雙眼、綻開愉悅的笑容、在床上伸展全身關節，數分鐘之後緩緩起身、走到客廳落地窗前輕輕拉開窗簾迎接戶外一片明亮，再轉身去梳洗、更衣、吃早餐，然後穿上襪子、運動鞋、拉起菜籃車、打開家門、下樓、向附近的社區公園走去。

自二〇一三年底完全放下工作之後，金姑一直保持規律的生活作息。她每天早睡早起、運動、動腦、動手腳、從事家務勞動。她希望活著的每一天都能夠自立、生活自理，希望在另外一個世界與丈夫王明輝重逢之時，依然腦袋清晰。

除了一些特別正式的場合之外，乾淨整齊的運動套裝，是金姑數十年如一日的衣著。她說那是她的制服。她的大女兒王麗珍，打從初中畢業之後，第一份工作在服裝店負責賣運動服，便不曾間斷為她量身訂製一年四季的運動套裝：短袖、長袖圓領套頭上衣，搭配相同色系的開襟外套與短褲、長褲，薄的、厚的，應有盡有；每一套都是柔軟透氣的棉質布料；在各種單一的基礎色調中，巧妙搭配對比鮮明的裝飾線條；雖然件件樸素、樣式簡單，但是穿在她的身上，看起來就是讓人覺得典雅舒適。

早晨的社區公園，是鄰里老人的聚會場所，已經有好幾個街坊老朋友早就到了。金姑愉快地與他們打招呼、寒喧，然後大家隨著悠揚的音樂節奏一起做體操，甩手、彎腰、和一些簡單的拉筋、呼吸動作。

樂齡運動大約一個鐘頭結束，她獨自先離開去買菜。雖然已經八十五歲，她依然保有一副窈窕的好身材，而且耳聰目明、身體健朗、動作敏捷俐落；在溫暖的陽光照耀下，她的背影步履穩健，充滿生命力。

在社區公園附近，有一個小小的傳統市場，隱身在一棟兩層樓的私有建築物的內部，四周圍有各種商店，內部的一、二樓，每層各將近兩百坪，建商規劃成許多小攤位售出。

小市場自一九五〇年代中期開始營運，直到附近的水溝加蓋以後，生意才大幅興隆起來，特別是在一九八〇年代後期到二〇〇〇年之間，不但攤位一席難求，連附近巷弄兩旁的住家和店家門外，也擠滿各式各樣的水果攤、雜貨攤，還有滷味、糕餅、包子、饅頭等流動攤商；人群熙熙攘攘，攤販叫賣聲、顧客討價還價聲不絕於耳，讓人感覺熱鬧、忙碌、充滿活力和幸福。

如今，歲月河流的兩岸風貌，早已萬象更替。

金姑拉著菜籃車緩緩走著，一邊回想著剛從漁村來的那時候，距離市場步行兩、三分鐘的路程之外，就是大片的果園，種植香蕉和芭樂；附近還有軍營、兵工廠和流經多處的大圳支線、溝渠，夜間蟋蟀聲、蛙鳴此起彼落；隨著產業結構改變與人口移入，果園早已不見了蹤跡，代之而起的是密集的住宅公寓。

大圳原是農田灌溉水道，一九四〇年代之後，附近農田大量改為建地，水道或被填平，或是成為排放污水的溝渠。小市場附近的排水溝主幹道和支流，大多在一九八五年左右，陸續完成加蓋，有些變成馬路，有些變身綠化公園，內有花草、綠樹、涼亭、座椅、幼童滑梯和一些簡易的成人運動設施，成為鄰里重要的休閒區。

軍營、兵工廠遷移，公有地由政府有計畫地全面開發。一九九〇年代中期之後，地方政府行政中心及大財團陸續進駐，漸漸匯集眾多企業總部、金融中心、百貨商場、大飯店……，嶄新摩登的建築物，一棟比一棟壯觀美麗，上班族、來自各地的觀光客、逛街購物的人潮川流不息。當年被稱為「鳥不生蛋」的地方，在三、四十年之間，蛻變成為國際化的熱門地段，帶動周邊房地產大漲、人口結構變化，生活型態巨幅改變。

金姑記得有一次媳婦雪花問：「媽，您覺得這裡和以前最大的不同是甚麼？」

「麻雀變鳳凰的熱鬧商圈就不用說了，我覺得我們這個邊陲地帶最明顯的變化是，傳統與現代並存，窗明几淨的便利商店、咖啡店、新潮禮品店與老舊公寓相毗鄰，還有經常可以看到穿著入時的年輕男女與老態龍鍾的邋遢老人擦身而過的畫面。」她回答。

「嗯，讓人深刻感覺今與昔的強烈對比。」

「還有，不分上班日或假日，年輕人排隊買喝的、等吃的現象，也是以前所沒有的。以前我們的小吃店生意算是很好，但是沒有人像那樣排隊慢慢等。」

「主要是因為早年外食的人口比較少，還有媽媽的手腳超快，不用讓客人久等吧。」

「啊，媳婦啊，妳真會逗我開心。」她咧嘴而笑：「妳看，前面賣紅豆餅、豆花、咖啡、奶茶的小店門前都在大排長龍呢！年輕人就那麼喜愛含糖的飲料、點心嗎？」

「媽，其實除了甜品之外，附近的火鍋店、賣烤鴨的餐館、義大利麵館、泰式料理，也是經常人滿為患，而且聽說連預約都要排很久喲！」

「很奇怪他們為何願意耗費那麼長的時間在排隊上？還有他們怎麼有那麼多時間？想想以前我們整天忙不完呢！」

「媽，時代不同了，現代人不像以前，你們的年代家戶都貧窮，必須努力過生活，現代人經濟比較寬裕，而且現在網路傳播快速、感染力很強，不論什麼東西一旦在網路上爆紅，網民不惜花時間排隊等待。」

「聽攤商們說，現在有一種『網紅行銷』造成網路瘋傳？」

「是啊，網紅直播越來越夯。」

「網友們是不是因為如果沒有去湊熱鬧，就不知道該怎樣參加討論，怕被取笑跟不上潮流？」

「也許對，但也有可能排隊這件事本身就是一個話題、一種樂趣。」

「聽妳這樣說，我終於知道攤商朋友們所說的『消費娛樂文化』了！」

「在跟風排隊等待的同時，一邊打電玩或是上網消磨時間，也是一種流行啊！」

「嗯，那也是一種所謂的世代風潮吧？再說這裡人潮吸引人潮，週末、假日、平日下班之後，商圈內真是寸步難行。」

「媽，很多地方做了類似的開發案，但是能夠像這裡一樣，帶來大批人潮的成功案例，其實並不多。」

「房屋仲介公司以『人潮、錢潮』標榜這裡的生活圈，附近三十坪左右大小、屋齡三十年以上的舊公寓，二、三、四樓在一九八〇年代中期，成交價大約一百萬以內，到了二〇一〇年代初期，可以賣到兩千萬以上，一樓售價更高達樓上的數倍。」

「附近商圈吸引大量上班族群、觀光客和逛街的人潮，也讓這裡活動的人口越來越多，而且這裡本來腹地就不大，店面供不應求，一樓身價當然水漲船高。」

「前面巷口轉彎處的一樓，就是以前做竹蒸籠的沈叔叔家，他們將那個三十年來住家兼工廠的房子賣了，用那筆錢到車程半小時外的地方，買了三戶有電梯的新大樓還有剩！現在沈叔叔老夫婦住二樓，兩個兒子分別住在三樓和四樓。」

「不同的地段，房價差好大！」

「是啊。聽說這裡搬來的新屋主是一對年輕夫婦，正在籌備要開一家禮品店。」

「我看他們將一樓連同地下室重新設計、裝潢。原本像糟老頭的舊屋，經徹底改造之後，竟像變魔術一樣成為讓人眼睛一亮的大帥哥！」

「這附近新來的一樓屋主，大多看起來年紀很輕，有幾家在一樓做生意，人住在地下室，生活很克難。」

「我覺得現在很多年輕人不但能吃苦，而且有遠見。」

「對，江山代有才人出。」

「這裡的每一條巷弄，隨便望過去就可以看到一家便利商店，經常看到年輕人三五成群進進出出，人人手上拿著外帶紙杯邊走邊喝。他們是不是就是所謂的重度外食者？」

「年輕人大多不太喜歡開伙，確實是外食的主力層。」

「這裡老一代的人口減少了，流動人口增加了，餐飲店越來越多，傳統市場的生意一日不如一日。」

「以前的人偶爾外食，現代人多數偶爾開伙。這個傳統市場的沒落，已經是無法逆轉的趨勢。」

「嗯，二樓早已變成蚊子館了，一樓只剩下幾個攤位營運，而且攤商們不但一例一休，還經常連休二、三日！」

「應該會都市更新吧？」

「是啊，早就有建商在洽談，但聽說因為事主多、意見多，要協調成功恐怕還有得等。」

「媽，大部分攤商的攤位都是自己買的嗎？」

「是啊，他們當年買的時候，每一攤位花十多萬，使用了幾十年賴以養家活口之後，現在還可以賣兩百多萬。有些攤商把攤位賣了，退休養老去了，沒有賣的大多以很便宜的租金、或是免費借給繼續營業的攤商、流動攤販使用。」

「傳統市場重建之後，必然變成摩登新大樓，一定會有現代化的超市。這樣一來，媽媽除了上超市，也可以網購宅配了！」

「哈，哈，我都這麼老了，買菜宅配的新玩意，就免了吧！」

「媽看起來一點都不老！而且活到老學到老，媽媽這麼聰明，電腦很快就上手的。我來教您。」

「可是傳統市場不只是賣菜，還賣交情，而且我喜歡走進去接觸人群、聽大家說說話，不但了解社會現況，還可以看到東西的真實樣貌，比起對著電腦憑想像有趣多了！不是嗎？」

金姑邊走邊想著和媳婦雪花的對話，同時想著這個媳婦受過大學教育、做國際貿易、去過世界上很多國家、是個見多識廣的新時代女性，卻願意經常與在市井打拚的婆婆話家常、為她解說新知識、教她識字……。在她的心目中，雪花是媳婦，更像女兒、像姊妹、像朋友，也像老師。她知道自己能夠認識很多字、跟上時代新觀念、應用流行的科技產品，除了丈夫明輝及兒孫之外，大多得歸功於雪花。她衷心感恩有一個願意對她付出時間、耐心與愛心的好媳婦。她滿臉幸福的微笑。

傳統市場巡禮

市場內現存攤位不多，但日常所需應有盡有。從前門走進去，先是水果攤、菜攤，接著是賣豬肉的、賣魚的。然後再往裡面走幾步，有個上二樓的階梯，賣雞肉的、滷味熟食的、豆腐製品的三個攤位在階梯前一路排開。拐個彎進入樓層後半部，先是賣冷凍食品的小攤位，然後其餘全部空間歸南北貨、五金用品和本地鮮筍三個攤販使用。

在這個市場做小買賣，是現存攤商們的第一份工作，也是最後一份工作。除了賣魚的水蓮丈夫已經過世之外，其他攤位都還是夫妻檔一起工作。水蓮年紀六十出頭，是現存攤商最年輕的，其他人都已經超過七十大關。他們原是來自異地他鄉的陌生人，卻因緣際會落在同一地方討生活數十年，彼此之間早已如親如故。至於現在還每天出現的顧客，也都是認識幾十年的老面孔、老朋友。

水蓮的丈夫清祥，在去世的三年前買了幾把圓形金屬凳子，擺在自家魚攤前面的走道旁，每天都有好幾位老太太一早便來排排坐。他說：「老太太們個個樂觀、風趣、講話的聲音是從丹田發出的，年齡雖然都在八十以上，卻都還能夠天天上下公寓的階梯、買菜、做飯。她們肯定活得比這個傳統市場更長久！」

水蓮經常一邊工作，一邊和排排坐的老太太們聊天。其他攤商在沒客人上門的時候，也經常過來加入談話陣營，有時候也有其他客人短暫逗留湊熱鬧。大家的話題從國內外新聞、社會八卦，談到怎麼做菜、哪裡有好吃又便宜的餐館……。魚攤前變成市場內的休閒站、談話中心，好不熱鬧。

有一天，金姑從前門走進市場，笑咪咪地與賣水果的進步與曼玲夫妻打招呼、買了水果，再到隔壁菜攤與文通和細妹夫妻閒聊、買了兩把青菜。然後，她向賣豬肉的榮欽和秀桃夫妻問好，再移步去與魚攤前的老太太們說早，接著前往其他攤位。她看見前面賣雞肉的樹德、賣滷味熟食的大慶、賣系列豆製品的福生，三人聚在一塊熱烈地討論著時事。他們從國際恐怖攻擊事件，到國內的年金改革、司法改革、選舉，人人各有一套理論，講得頭頭是道。他們的太太一邊招呼著顧客，同時不忘高聲與先生們唱和，有些顧客也偶爾加入論戰，一群人嘻笑怒罵、插科打諢，嚴肅的事被他們大家吵得好快樂。賣日用品的國棟坐在一旁抖著雙腳、滑著手機、哼著不知名的歌曲、同時豎起耳朵聽他們高談闊論。他偶然抬頭正好看到金姑走過來，便笑著招呼：「金姑姊早，我在和小孫女視訊。」

國棟的大兒子原先在桃園一家小五金工廠工作，二〇〇九年工廠外移到對岸的東莞，他跟著到那裡工作，娶了當地女子為妻，生了一雙兒女。網路無國界，他們一家人分住海峽兩岸，每天都透過網路視訊，在空中晤談。

聽見國棟喊金姑姊，他的太太秋菊停下正在整理日用品的雙手，抬頭對金姑笑著說：「我們每天都和住在大陸的兒孫賴……」

秋菊的話還沒有說完，國棟便提高嗓門嚷嚷：「女兒說要讀『濫』，不是『賴』，妳怎麼還是『賴』來『賴』去？」

「我管它『濫』還是『賴』！」秋菊沒好氣地看了丈夫國棟一眼，然後愁容滿面地對金姑說：「煩死了，媳婦和兒子在鬧離婚！」

「妳最近越來越瘦，是在為這事煩惱？」

「嗯，被他們煩得我都睡不好。媳婦說抓到兒子外面有女人……兒子說那只是交際應酬，而且抱怨媳婦不顧家，每天花枝招展往外跑，乾脆離婚算了；但是，媳婦獅子大開口……」

「勸勸他們，孩子都兩個了。」

「勸，當然是有勸啊！但是說到嘴爛了，還是得看他們是否真心願意繼續一起生活。想當初媳婦倒追兒子，百般溫柔，對我和國棟輕聲細語獻殷勤；如今鬧離婚，活像一隻母老虎！如果依她的要求……兒子離鄉背井，白忙了……」

金姑輕拍秋菊雙肩、低聲安慰了片刻才移開腳步。

賣南北貨的俊雄，多年前買了一台電唱機擺在自家攤位旁，每天不停高聲播放歌曲。攤商們稱那台電唱機叫「共享」。這時候「共享」正播放著大合唱〈高山青〉，賣南北貨的俊雄與太太婉如、賣冷凍食品的運財與太太麗琴，四人正手牽手跟著「共享」高聲歌唱、搖擺。不知名的合唱團嘹亮又充滿活力的歌聲，將阿里山南島民族特有的部落節奏感表達得淋漓盡致，讓金姑很自然地跟著低唱了起來：阿里山的姑娘美如水呀！阿里山的少年壯如山……

運財朝著她朗聲說：「金姑姊，來，來和我們一起唱歌跳舞吧！我們接受年紀老，也接受身體老，我們是樂活老人……嘿！阿里山的姑娘……」

「啊，啊，你們玩就好了。」

金姑繼續往前走去，看見永吉忙著將他清早親自採收的綠竹筍、地瓜葉與絲瓜往攤位上擺。他的太太寶英一邊揮手與她打招呼，一邊大聲對攤位前面的顧客說：「因為去年冬季氣溫高、雨量少，這一季筍子收成比往年晚，產量也比較少，但是我們家的品質一樣又甜、又脆，保證大家吃了還想再吃，明天一定會再來買……」

她買了一大袋綠竹筍放進菜籃車，然後朝後門邁出市場。

在市場逗留的這一段時間，她聽見「共享」依序高聲播放著〈黃昏的故鄉〉、〈媽媽請妳也保重〉、〈榕樹下〉、〈採檳榔〉、〈高山青〉、〈惜別的海岸〉，而這時候傳進耳朵的是〈孤女的願望〉。陳芬蘭清純低沉的歌聲，帶著一絲輕淡的幽怨，響遍整棟老舊的建築。那首歌記載著臺灣由農業轉向輕工業時代的多少鄉情往事，曾經唱遍街頭巷尾，不知撼動多少離鄉背井的遊子心，她不知不覺隨著「共享」輕聲哼唱：請借問播田的田庄阿伯啊……人咧講，繁華都市，臺北對叨去……

漫步巷弄溯春秋

金姑的心裡面記掛著秋菊說的……兒子離鄉背井，白忙了……，她帶著淡淡的愁緒，緩緩走在曾經度過數十寒暑的巷道。首先映入眼簾的是，往日炒肉鬆的小店，今日變成了西藥房。她的「悅來小吃店」舊址，如今高高掛著「高級牛排館」的招牌。隔壁的圖書文具店變成「萊爾富」便利商店。轉角的中藥店變身成了「康是美」連鎖藥妝店。它對面的豆漿店整裝成咖啡簡餐店。賣米粉湯連著縫製衣服的兩家小店打通成為7-11。再往前，昔日的「柑仔店」，現在是「屈臣氏」。其他還有更多變身：鎮金店、禮品店、服飾店、美容院……一片繁華。其中餐飲店最多，川菜、湘菜、廣式燒臘、牛肉麵、火鍋店、自助餐、居酒屋、日式料理、韓式料理、越式料理、泰國料理、法國料理、義大利麵……應有盡有。大部分店家的經營者，都曾經換手一次或數次，新老闆們在裝潢方面一個比一個慷慨，家家內部舒適、外觀新潮。最醒目的是巷道盡頭與大馬路交接的十字路口，有兩棟七層樓高的白色建築，隔著巷道，一邊高掛著「大未來坐月子中心」，一邊高掛著「大世界旅店」，霓虹燈二十四小時相互輝映。旅店前面經常可以看到拖著行李箱的年輕男女，大多是海峽對岸來的自由行旅客，小部分是金頭髮藍眼珠的歐美觀光客。

「坐月子中心」像旅店一樣都是舒適的套房，天天二十四小時空調，但收費比較貴，因為除了供住之外，還要供吃及照顧產婦及初生嬰兒。

數日前賣魚的水蓮說：「我家三個媳婦好像互相約好一樣，不但產期相近，而且都在『大未來』坐月子！老闆爽快打了折扣，但三個兒子總共花費還是將近六十萬！以前我們吃飯都成問題，還生一串小孩，哪有什麼坐月子？孩子出世沒三天，煮飯、洗衣、帶小孩樣樣都得自己來！不過，話說回來，時代不一樣了，錢是他們自己賺的，只要他們高興就好了。現在少子化問題嚴重，放眼周邊三十多歲的年輕男女，很多還沒結婚，有的就算結了婚也沒有小孩，我們家男孩、女孩都結婚了，而且都有生小孩，我超級高興呢！」

「水蓮教育孩子成功，一個女兒是老師，三個孩子分別是醫師、廚師和電子工程師，個個學有專長，成就非凡。」魚攤前的一個老太太高聲稱讚。

「啊呀，老人家您過獎了！孩子們的成就，其實完全不是我們夫妻的功勞。」水蓮說：「我和清祥大字不識，一輩子靠勞力討生活，當年結婚後攜手離開家鄉外出闖天下，兩人全部的衣物家當加起來，恰恰好只夠裝滿一個小小的老舊破皮箱，來到這裡租了一間又矮又小的閣樓，低矮的鐵皮屋頂、黑灰的牆壁、黑灰的樓板、小小的窗戶透進濛濛的光線……，然後孩子們一個接一個來報到，光是為了一家三餐的問題，就每天都忙得虛累累了，哪有能力給他們什麼教育？」

魚攤前好幾個老太太異口同聲說：「是啊，孩子們自己懂事最重要。」

「感謝老天爺，我的孩子們都把自己管得很好。」水蓮又高興地說。

三個媳婦生產的那個月，水蓮選了一天，煮了香噴噴的麻油雞和油飯，分送給當日的攤商及顧客。她笑呵呵喊著：「有人有份，大肚子的雙份！」

眾人樂得笑納好意、分享喜氣。

往日攤商、顧客如織的巷道，如今兩旁新興商店林立，機車、汽車絡繹不絕，或迎面而來、或從背後呼嘯而過，金姑小心翼翼走在噴著藍綠漆的人行專用道上，經常被刺耳的喇叭聲驚得心惶惶，她轉身走往稱為「弄」的小道。

這條「弄」沒有剛才那條「巷」那麼寬，也沒那麼長。在一九六〇年代她剛來時，兩旁建築清一色四樓公寓，各樓層都是住家。一九八〇年代後期之後，有些一樓開始變成商店；到了二〇〇〇年，商店全面攻佔一樓。民宿、早餐店、美容院、美甲店、鮮花店、洗衣店、十元商店、百元理髮廳、托兒所、家教班、資訊中心、牙科診所、內兒科診所、民俗療法中心、手機電腦維修小站……日常生活所需的各行各業應有盡有。還有一連三戶高掛著「博愛」的招牌，那是私營的「老人安養中心」，照護中風或是因其他重症而失去自理能力的老人。

「博愛」緊閉的門扉，讓她想起弟媳秋香娘家哥哥的小孩，醫學院復健科畢業後，在一個農業地區的小鎮開了一家「安養中心」，開幕不到一個月，兩百單位的病床就供不應求了。她不自覺加快腳步，彷彿潛意識裡希望達到運動效果保持健康，期許自己未來不要成為「安養中心」排排躺的成員。

進了家門，牆上的鐘正好指著九點。看到與她同住的大兒子伯宗在家，她才想起原來這一天是他的休假日。完全放下工作之後，日子一天天悠閒地過著，她經常忘了當天是不是假日了。

將菜籃車推進廚房，她泡了杯綠茶端到客廳、坐到沙發上、戴起老花眼鏡、打開當日報紙。一紙彩色廣告掉了下來，上面印著一片綠色森林和溪流吸引了她，於是她從「以大自然療癒身心」的大標題開始一字字讀了起來：

> 現代人生活緊繃，不論是在家庭、工作或生活上，隨時都在累積壓力，為了個人健康著想，不僅這些負能量要釋放，更要定時休養生息、補充正能量。大自然堪稱是最佳的身心療癒師，它以青山綠水的美好風光為你舒壓，並用豐富的芬多精、負離子，為你補充正能量……

她不禁讚嘆好吸引人的詞句！同時心裡想著，當代人必須花大錢才能享有短暫幾天的療癒假期，而自己曾經有十八年無憂無慮的山居生活！她的思緒飄回過去青山綠水的時光，想像自己正在大自然中漫遊，赤腳去走崎嶇不平的幽靜小山路，用手去觸摸溪水和泥土，用眼睛去看藍天、白雲、青山，用耳朵去聽蟲鳴、鳥叫、溪流潺潺……。此時窗外吹來一陣涼爽的風，窗簾微微飄動著，她以舒適的姿勢斜靠在沙發上，微閉雙眼，墜入時空隧道回到山村。

山村

那是一座小村莊，隱身在偏僻的山腳下溪流邊，四周圍除了面積有限的平坦河階地之外，都是起伏的山坡。在那裡，家戶背山面水，順著地勢錯落而建。村落的上、下、左、右，大約四百公尺之內的山丘種植桂竹。當地先民受雇採煤為生，煤礦枯竭後人口開始大量外移，留下來的大多受雇在丘陵地耕種。早期以種植大菁、製造藍靛為主，後來隨著人工合成染料的興起，茶園取代大菁成了經濟作物。那裡的居民過著「心安茅屋穩，性定菜根香」的生活，全世界經濟大蕭條或是一片榮景，似乎都與他們無關。

一九三二年五月初，一個風和日麗的薄暮時分，她在那裡出生。她出生的那天，她的父親在即將黃昏的時候結束了山上的工作，背起一捆枯木，哼著不知名的歌兒下山往家快走。天色漸漸昏暗，突然間滿山遍野飛舞著螢火蟲，彷彿是無數的小燈籠，特別為他照亮了崎嶇的狹窄山徑。他為女兒取名「金姑」。大家都喊她「火金姑」。

金姑在愛的環境中出生，在充滿親情、鄰里之情中長大。結婚之前她不曾一天離開過那座小山村。在那裡的十八年歲月，在世俗眼中看起來一無所有，但在她的內心裡卻是一無所缺，無所不有。不管外面的世界多麼美好，那個小山村是她的世外桃源、人間天堂、她永遠的故鄉、思鄉情懷的依歸。

她愛家人，愛鄉鄰，愛山區的清幽，愛家門前的溪流和周遭蔚翠的林木、香甜的空氣、清晨五點鳥兒歡快熱鬧的歌唱聲、遠山晨昏變化萬千的雲彩，愛春日天色昏暗時滿山遍野飛舞的螢火蟲；最愛夏日，當南風吹來，滿身舒暢；愛秋高氣爽，雲淡風輕。當冬風蕭瑟，層層濃霧密遮天時，她也愛那份森然神秘、壯麗瑰奇的山巒變化。她喜歡站在家門前放眼遙望山外有山、峰峰相連綿延到天邊，想像自己乘著雲霧，登上與天連接的高山頂上，看千山萬谷在腳下、看山嵐飄移、雲海湧動，或是欣賞天晴陰雨、清晨至傍晚的百變風景。她也喜歡坐在溪中的石頭上，將雙足泡在清澈的溪水中，低頭看小魚悠游，聆聽幽隱於溪谷深處的小瀑布水流聲，或是舉頭仰望天空，欣賞悠遊的雲彩。在她年少的腦海中，日日溢滿美麗又歡樂的真實和想像。

金姑共有六個弟弟、妹妹，依序為金旺、木旺、西田、金敏、金蟬、水旺，正巧間隔都相差兩歲。她離開山村之後，常想起一個陰雨綿綿的春天午後。那時候大弟金旺七歲，二弟木旺五歲，三弟西田已經讓人領養，大妹金敏剛出生。那天，從前一夜開始大雨下不停，一家人都留在家裡，母親與金敏在睡大覺，兩個弟弟圍著父親說話。遠方山嵐飄渺，家門前的溪水聲嘩啦啦，不遠處的瀑布呼呼流瀉聲也是清晰可聞。她倚著木頭門廊，凝望著戶外煙雨濛濛。許久之後，她指著遠處轉頭問父親：

「爸，遠方的高山有那麼多樹，不知道是誰種的？」

「天上的神仙種的。」金旺和木旺笑鬧著搶答。

「弟弟亂講啦！」

「有可能是神仙種的噢！」父親笑著附和：「不知道多少個千百年來，山早就在那裡，樹也早就在那裡，也許天上的神仙覺得高山光禿禿的，不好看，便灑下花、草、樹木的種子……」

「啊？」

她沒有追究是誰讓高山那麼美麗，很快又聚精會神、滿懷敬畏地望著戶外莊嚴、神秘又霸氣的濃霧。

「瀑布的水為什麼永遠流不完？」木旺未脫稚氣的聲音讓她回了神。

「對啊，我也常常覺得好奇怪，山上哪裡來那麼多水？」金旺熱切地望著父親。

「我也不知道，下一次住臺北城的姨丈來的時候，我們來問他。」

「嗯。」

「我還要問姨丈，為什麼雲不會掉下來？為什麼有高山？為什麼山裡有動物？……」木旺好像在玩遊戲一樣，說了一大串「為什麼」。

陰雨過後，一連數日天氣大晴，父親帶著他們姊弟三人一起登上很高的山上。當他們來到一處稜線的平台時，大家席地而坐。陣陣涼風吹來，令人無比舒暢。身旁清澈的水從樹根湧出來、從石頭冒出來，姊弟三人開心地喝水、戲水。

「水好清涼、好甘甜！」金旺說。

「好好玩噢！」木旺說。

父親笑呵呵地說：「上次姨丈和我一起上山來，也是像你們一樣，好快樂！」

「我覺得姨丈是個很有學問的人。」金姑說。

「是啊，他不但學問好、人也很好。」父親說：「他說，那些從樹根湧出來、從石頭冒出來、四處奔流的小水泉好壯觀。他還說，白天日照多，加熱快，溼冷空氣遇熱膨脹，沿著山坡爬升，飄動於群山之間，在山中稱為山嵐；如果你身在其中，它就是霧；從山下看，它就是在半山腰上的雲；從山頂看，它就是雲海。不管是雲、霧或山嵐，都是水蒸氣聚集在一起的表現。山中有雲、有霧、有山嵐，由低處往高處上升，順便將營養素帶到樹梢，為大樹補充營養。自然界能夠循環生生不息，是因為有大海、有高山。海納百川，蘊藏豐富資源；山上有樹木、有花草。樹根、草根吸滿水分，滋養草木茁壯，庇護著高山，讓它屹立不搖保護陸地。」

「爸，姨丈的意思是不是說山健康、海健康，人類的生存環境就健康？」木旺問。

「對，所以我們要愛護大自然。」父親說。

關於自然界循環不息的萬象原理，金姑一直都是懵懵懂懂，但是在往後的生命中，她的心中對宇宙的奧妙懷著無限敬畏，對「海健康、山健康，人類的生存環境就健康」堅信不疑。

臺北大空襲

住在山村如置身世外桃源，讓金姑生平第一次覺知人間有遺憾的，是外來的。

在她十三歲那年，某一個晴朗的黃昏，她在山邊採滿一籃子野菜，踏著輕快的腳步，雀躍回家的途中，意外遇見好多陌生人。他們的穿著、外貌，與平日所見的村民不同。一路上，就像遇見鄰里一樣，她向每一個男女老幼展現習慣性的微笑，但他們在疲憊的表情下，反應極為冷淡，她的心頭升起一股莫名的不安。回到家，她發現家裡來了客人。阿姨、姨丈，還有他們的三個兒女和姨丈的父母親都來了。

從她懂事以來，除了鄰里往來之外，家裡很少有外來的客人，阿姨是她見過最多次的客人。她是母親的妹妹，出生不久之後就被人領養，養父母住都市，是有店面的生意人。阿姨每年來山村一、兩次，每次都帶來好吃的東西、送給家裡每個人漂亮衣物。阿姨人長得漂亮，衣著也漂亮，小時候每次看到她，弟弟妹妹都說仙女來了。

看見仙女阿姨，她的內心蹦出一股節慶的歡樂，但是再仔細一看，大家臉上一片憂鬱，先前遇見陌生人的不安，又在她的心頭升起。

她聽見姨丈家人七嘴八舌，說是坐牛車來的，又說看到臺北一片火光，幸虧一家人逃得快……。

喔！原來那些陌生人也都是從城裡躲避空襲而來的！

過兩天，姨丈說服他的父母讓他下山回家去看看。他一早離開後，親家公和親家母整天大多默默躺在床上，小孩子們都不敢打擾。

在眾人殷殷企盼之下，姨丈終於在第三天快接近黃昏的時候回到山村來了。他眉頭深鎖，眼球佈滿紅絲，一臉憔悴，像似老了十幾歲！姨丈憂鬱地望著越來越昏暗的戶外，阿姨拿了一件襯衫幫他披上。過了好一陣子，他輕輕地咳嗽幾聲、顫抖著沙啞的聲音說：「整條街都毀了，還沒有和兩個妹妹聯絡上……」

「日本轟炸？」金旺問。

「不會吧？日本轟炸自己的殖民地？」父親大聲說。

「是盟軍。」親家公回答。

之後，金姑陸續聽了更多有關「空襲」的故事。很多年之後，她才了解一八九五年至一九四五年，臺灣是日本殖民統治時期。在那五十年間，日本從臺灣運送很多物資供應日本本土，也在臺灣佈署了不少戰力。第二次世界大戰期間，臺灣是日本一個很重要的基地。以美國為首的盟軍認為打下臺灣，不但能使臺灣糧食無法供應日本本土，同時能夠切斷日本和東南亞的聯繫，以及海陸物資供應線；因此，從一九四五年一月到同年八月十五日本宣布投降為止，盟軍對日本轄下的臺灣與澎湖，發動一連串的空中攻擊行動。可製造酒精燃料的糖廠被炸毀，飛機製造廠、石油煉製等工業目標遭夷平，高雄、基隆、馬公等主要港口，新竹、羅東、豐原廟東夜市……都慘遭轟炸。「躲空襲」成為許多經歷過太平洋戰爭的老一輩臺灣人的共同記憶。造成山村湧進大批逃難潮的臺北大空襲，發生於一九四五年五月三十一日。以美國為首的盟軍原預定轟炸總督府所在地臺北的政府機關、軍事機構，卻波及很多民宅，並造成三千餘名居民死亡，數萬人受傷、無家可歸。金姑姨丈的住家和店面，都被「夷為平地」。

小村莊向來三餐取之於自然，家戶都沒有太多存糧，突然間增加了大批避難的人口，溪中悠游的魚蝦變少了，小徑旁的翠綠野菜都不見了，桂竹的嫩枝枒消失了，家家戶戶栽種的蔬菜來不及長大便拔光了。食物不足困擾著所有人。

隨著飢餓而來的是瘧疾。山區缺乏醫藥，傳染病迅速蔓延，很多家庭成員都感染了。親家公染病了，每天定時發作，接近中午時間就得趕快到屋前地上鋪草蓆，在炎熱的大太陽底下蓋著棉被發抖。三天後，表弟鴻展也感染了！他和爺爺一樣，每天在炎熱的大太陽底下蓋著棉被發抖。親家母每天病懨懨的，姨丈坐立難安，懷著身孕的阿姨經常嘔吐……。人人身上都背負著一股沉重的壓力。

金姑的父親和弟弟金旺、木旺，每天背著竹簍往人跡罕至的深山高處去尋覓吃的，勉強主客三餐餬口。母親忙進忙出為大家清洗衣物、打理家務。金姑專心照顧阿姨一家人，為染病的祖孫倆燒開水、遞毛巾，一看到他們拿著草蓆，便默默跟著走到附近的樹下坐著，以便隨時就近照應。

受冷顫高燒折騰幾天之後的親家公，瘦得眼窩深陷，氣息微弱。每次吃飯的時候，金姑看他幾乎連筷子都沒有動，便特別盛湯端到他旁邊，請他慢慢喝下，又將飯碗和筷子遞到他手裡，請他無論如何吃一些。

有一天中午，看著祖孫倆又在大太陽底下躺在草蓆上蓋著棉被，她舉頭祈求天空幫忙讓他們好起來。天空求完了，又喃喃祈求身旁的溪流和大樹。大約過了半個小時，她看見鴻展好像在移動，趕忙跑過去蹲在他身邊。

他微弱的聲音好像是在說：「糜，糜……」

「你是說想吃稀飯嗎？」

他點頭。

她急忙跑進廚房洗了一把米，和一些野菜準備煮稀飯。那時候正好爸爸撈了幾條魚回來，她隨手抓了三條苦花和一塊山薑，清洗切絲加了一點點鹽巴一起熬煮。

已經多日連喝水都沒力氣的鴻展，竟將一鍋野菜鮮魚粥，吃得連一條薑絲都不留！他活過來了！再過兩天，親家公也活過來了。

阿姨一家人再三感謝金姑悉心照顧。她總是靦腆地說：「沒什麼，應該的呀。」

一批批逃難而來的城裡人，又一批批離去了，姨丈一家人也準備回城裡去。親家公、親家母和姨丈都提議帶金旺、木旺下山去上學，但金姑的爸媽說復原重建有很多事煩心，堅持不能添增麻煩。隔年開學前，姨丈又特別為此事來到山村，爸媽說金旺必須留在家裡幫忙生計，答應木旺去上學。但木旺卻在離家前一天病倒了，發高燒數日不退，差點丟了性命。爸媽說木旺沒有讀書的命。之後，鴻展在出國留學之前，每年寒、暑假都到山區長住，用心教導幾個孩子讀書、識字、學算術。沒有上過學校的金姑、金旺、木旺、金敏，從鴻展身上得到知識的啟蒙。

躲過大空襲、逃離瘧疾魔掌，親家公和表弟鴻展一樣，在下山後身體很快便完全康復了。之後他偶爾與姨丈、鴻展到山村度假，步履矯健，談笑風生。但是後來到了一九四九年，國民政府在臺灣發行新臺幣，明訂四萬塊舊臺幣兌換一元新臺幣，他無法承受財富大縮水的重擊，竟鬱鬱寡歡，臥床不起撒手人寰！

親家公是金姑所認識的親人中，第一個辭世的。她深刻哀悼。那年，她十八歲，開始有媒人上門說親。她知道自己年少的歲月已經結束了。

王明輝與小漁村

在多位上門說親的人選中，金姑的父親將她許配給王明輝。父親說明輝是個孝子，孝順的人一定可靠。母親說女人要跟誰吃飯，上天早就安排好了。於是，山村姑娘火金姑，變成濱海小漁村的漁婦。

她的丈夫王明輝，比她年長四歲，外表高高瘦瘦，腰桿挺直，濃濃的眉毛下有著深邃的雙眸，陽光燦爛的臉龐上，永遠帶著柔和的微笑。他工作認真，逢人有禮問好。鄰居們都說他是好青年，十六歲開始便有好幾戶人家有意將女兒許配給他，但他都說家庭負擔重，不急著結婚，直到他服完兵役後，祖母逼著他接受一個遠房阿姨為他做媒。那個阿姨一再稱讚對方是個美麗、善良、勤勞、性情單純溫柔的好姑娘，誰娶得到就是福氣。

那日媒人帶他走過山，指著不遠處一個在茶園工作的姑娘，就是他相親的對象。

他看不見姑娘大斗笠下被布巾遮蓋住的臉長成怎樣，只覺她嬌小的身影，在綠色的茶園間，看起來是那麼融入而自在。他知道她並沒有發現有人在偷偷看她，她是那麼專注地工作著。奶奶主張將親事定下來，他沒有反對。三個月之後，他就將山村姑娘迎娶入門。他雖然沒有出海捕魚，但是在漁港工作為家人謀生計，他說自己是漁夫，稱太太為漁婦。

明輝的喜慶大事，遠方親人都來慶賀。那時候因為交通不方便，來參加婚禮的親友提前來延後走，前後住上一個禮拜以上是很平常的事。最後一個離開的客人是奶奶的妹妹。她綁小腳穿著三寸金蓮，走路不方便，在婚禮之後的第六天午後，她的兒子來接她。奶奶和婆婆忙著打包各類魚乾讓姨婆帶回去，金姑一早便開始準備晚餐讓姨婆母子吃了再走。當奶奶依依不捨送走姨婆母子時，太陽依然燦爛，明輝報告長輩他想帶新娘子出去認識周邊環境。

那是個男女授受不親的年代，即便已是結髮夫妻，步出家門後，明輝走在前頭，金姑亦步亦趨緊跟在他身後。她看見村莊的小路沿著山邊高處蜿蜒而下，隨處可見油毛氈的黑屋頂及階梯，整個感覺和味道與山村有很大不同。

「這裡有三十多戶人家，都沿著山坡而建，戶戶依山面海，建材是用當地海邊的石材、山上的竹子及茅草堆疊而成的；石頭厝各有其不同的特色，有亂中有序的堆疊方式，也有簡潔有序的水平或人形堆砌法；綠樹與石頭相映，古樸而簡約，奇趣天成。」

明輝不時回頭為她解說。直到那時候，她才知道她的婆家和娘家背對著同一座山，一邊面對內山，一邊面對遼闊的大海。

小心翼翼跟著明輝過了濱海馬路，她看見眼前的小港灣停泊著幾艘破舊的舢舨船，另一側有一小片白色沙灘。明輝領她走到白色沙灘，蹲下身幫她脫下布鞋。當足底與海砂第一次接觸時，她感覺好溫柔，一股幸福的感覺由她的足心往上擴散到全身。

他牽著她慢慢走過沙灘，來到一塊視野遼闊的大岩石上坐下來。她輕輕靠向他的肩膀，清晰感受到他的心跳與海浪的節奏相呼應，同時一雙清澈的眼眸凝望著那張被太陽晒得發亮的臉龐，雖然不是很俊俏，但是忠厚、誠懇、充滿活力，特別是他的雙眼中閃著自信與決心的光芒，在那一刻讓她的靈魂震動！

兩人肩靠肩，在大岩石上坐了數分鐘之後，明輝開始娓娓訴說著他所認知的大海、童年往事和未來的夢想。金姑彷彿看見了他所描繪的全幅海天美景，更知道自己正在透過他的視野，認識一個以前完全不曾想像過的世界。

「臺灣四面環海，氣候溫和、雨量充沛，有親、黑潮交會，帶來了豐富的海洋漁業資源。這裡的居民以海維生，海洋正是他們一輩子的生活舞台。漁季來臨時，家戶男女老少分工合作。男人捕魚回來了，婦女們忙著分魚、撿魚、洗魚、煮魚。大鍋子滾著沸水，小卷、丁香、四破、透抽……被拋進沸水催熟，以便加工、曬乾。

小漁村的男人出海辛苦，婦女們也一樣揮汗勞動。

大海有取之不盡的資源，但也包藏著不少無可預測的危機，向他討生活，就要接受他的考驗。早期出海去，最大的問題是設備簡陋，面對變化莫測的海象，處處是險境，時時皆危機。村內好幾戶人家發生過連人帶貨，被一望無際的大海吞噬的悲慘事故。行船討海三分命，出海風險和漁獲量皆屬未知，所以漁村的人們很愛拜拜，祈求出海平安、魚蝦滿載。這裡的村民奉祀媽祖為守護神，海邊的媽祖廟是所有村民集資建成的膜拜中心……。」

江媽媽的家

江海，獨生子，二十歲，家中人口除了他之外，還有母親和太太及太太肚中的小孩。江家與明輝家世代比鄰而居，明輝的叔叔與江海年紀相近，兩人從小一起玩、一起工作，有如親兄弟。長大後，阿海相親、訂親、娶親，叔叔是必然的跟班兼首席顧問。

在一個夏日的黃昏，無風無雨還有美麗的夕陽，附近海面風平浪靜，海男兒們駕著小舟吆喝著陸續出海。那天明輝的祖父和叔叔兩人一起上船，與江海的小漁船相距不太遠。在拂曉回程的時候，大約在外海一百公尺處，突然一陣強風捲起大約三米高的大浪。風起於瞬間也平息於瞬間，在飽受驚嚇之後，祖父和叔叔人船平安，叔叔大聲歡呼，高聲唱著：「白浪滔滔我不怕！撐起舵兒往前划！撒網下水到漁家啊！捕條大魚笑哈哈……」

「阿海呢？怎麼沒看見阿海？」

聽見祖父焦急地高聲呼叫阿海，叔叔的歌聲嘎然而止，急急四處張望，聲嘶力竭呼叫附近作業的船隻一起尋找，幾分鐘後就發現他趴在一塊大岩石上，鮮血染紅了岩石。叔叔將他抱起來，用力拍著他的背，將喉嚨喊啞了，卻喚不醒軀體已經僵硬的兄弟！

午後，陽光白燦燦，海風無精打采。江海被抬上了岸，江媽媽哭得渾身濕透，而他那才剛娶進門不到半年的妻子，挺著微凸的肚腹，撫屍哀吼，肩膀劇烈震動著，瞬間跌坐地上，掏心掏肺般嘔吐不停。

當天夜裡，氣象局發布海上颱風警報。雖然是輕度颱風，但陣陣狂風呼呼哀號，威力震動著石屋，叔叔躺在床上徹夜無眠。

江海的遺孀挺著一天比一天大的肚子，在漁港打工，沒有人注意到叔叔經常遠遠望著她，眼神帶著深邃的關懷。

三個月之後，叔叔告訴祖父和祖母他想照顧阿海的遺孀，但他們不同意。那時候他剛滿十八歲。

又過了三個月，江海的遺孀生下一個男孩，取名友望。滿月之後，母子倆從漁村消失了。很多年之後，突然有一天她帶著友望回來漁村。友望的外貌看起來就是當年阿海的翻版，只不過眼前的阿海由黑壯的漁夫脫胎換骨變成了皮膚白皙的少年，看起來天真、活潑、快樂、健康。江媽媽含著熱淚，深切地望著孫兒，彷彿要將他吸收到靈魂裡去。

江海的遺孀對江媽媽說她在城市裡做過幫傭、看護、清潔工，還有她要嫁人了。

江媽媽撥開臉上的淚水，將雙眼從友望身上移向媳婦，與她四目對望。

「媽，對方姓吳，開計程車，太太生第二個孩子的時候難產過世了。他大我五歲，忠厚老實，很有愛心，有一對兒女，老大是女孩，比友望大一歲。雖然生活清苦，但他願意栽培孩子上學讀書……。」

江媽媽拉起媳婦的雙手，萬分慈祥地說：「孩子不管姓江還是姓吳，改不了他是阿海血脈的事實。未來的路很長，你們好好過生活吧！」

媳婦帶著孫兒臨走之前，江媽媽從床底下拉出一團東西，用破布捆得緊緊的，聞起來有一股混雜著腥臭和發霉的味道。那是她多年來一點一滴攢積下來的銅板和紙鈔。從打定主意做生意的那一刻開始，為孫兒存錢就是她不曾說出口的具體目標。

之後，友望每年回漁村探望，江媽媽更努力地賣著小吃賺取微薄的利潤、為他存下每一毛錢。

江家數代單傳，江海的祖父和父親，在他三歲那年同時因海難過世了。他的祖母把身子哭壞了，隔年便跟隨丈夫和兒子而去。江媽媽含辛茹苦將兒子江海帶大，沒想到他在二十歲，就離她而去！江媽媽二十三歲喪夫，四十歲喪子，眼淚已經在送走兒子的時候流乾了。她對命運的憤怒、悲傷，也全跟著兒子埋葬了。當她發現媳婦帶著孫子不告而別時，沒有陷入憤怒，也沒有沉緬於哀傷。她告訴自己，命運並沒有奪走她的一切，因為江家還有一條血脈，將在世界的某個地方繼續流著。那一夜，她做了一個夢，夢中孫兒友望的子嗣綿延世世代代。隔日，她著手清理屋內空間，決定在家裡賣小吃，讓漁夫們上岸的時候休息歇腳、填飽肚腹。

「江媽媽的家」是小漁村第一個提供外食的地方。沒有菜單，簡單的飯菜搭配新鮮的海味食材，便是讓人讚不絕口的美味料理。村中男人在不出海的日子，特別喜歡聚集在那兒，一邊吃一邊互相調侃、互相安慰、抱怨風、抱怨雨。有時候椅子不夠坐，大家站著、蹲著也甘願。

小攤生意興隆。江媽媽親切豪氣地對待每位上門的客人，點不點東西，都不在意。他們都是她的海男兒，他們讓她不孤單。她活到七十歲，直到過世的當天，鄰居還看見她如往常般，清晨就在小攤前忙進忙出，準備食材。午後四點左右，三個海男兒上門，他們人未到聲先到：

「江媽媽，我要大碗的海鮮麵。」

「我要鮮魚米粉加黑白切。」

「我也是。」

「好像不在呢？」

「還在睡午覺嗎？」

三人大聲喊叫，卻仍不見她出現，索性走進屋內找。

是的，老人家確實在那間西晒的簡陋小房間內的一張小小木板床上，舒舒服服地躺著，日光斜斜地照在她的身上。

「江媽媽，江媽媽！天都快黑了，還不起床啊？」

「客人來了……」

江媽媽，江媽媽，江媽媽……

任他們聲聲呼喚，她雙眼微閉、嘴角含笑、臉上一片安詳，繼續沉睡著。她再也醒不來了。

江媽媽的喪禮全村出動，媳婦帶著友望、友望的妻子和兒女，參加了全程儀式。

王家一門三代

江海走了兩年之後，王家在同一天失去三代三個男人。

明輝的父親有一個弟弟，祖母一向規定他的祖父出海的時候，他的父親或叔叔必須有一個留在岸上。那天，明輝的父親因為感冒留在家裡，祖父帶著叔叔和大哥明倫一起出海。根據同時在附近海域捕魚的村民敘述，當天海象還不錯，他們三人因追逐魚群而碰觸暗礁，漁船翻覆墜落急流。等大家發現他們不見了，幾條漁船循著他們前進的方向前去搜尋，船身已經無跡可尋。最後人是找到了，卻都已經回天乏術。

明輝的祖父、叔叔、大哥在同一天離開了人世。叔叔二十歲、大哥十六歲就走完了一生。祖母哭丈夫、哭兒子、哭孫子，哭瞎了雙眼。媽媽哭兒子、哭公公、哭小叔，原來就綁小腳的她，走起路來更無力了。爸爸沒有放聲哭、也沒有訴說他的悲傷，但是明輝感覺到他內心的痛像天空一樣無邊無際。

爸爸的身體再也不曾真正強壯起來，祖母的雙眼需要醫治，媽媽的身體要調理，三個弟弟妹妹要繳學費，一家人要生活……，明輝放棄了即將畢業的初中學程，扛起了當家的重責大任。雖然說靠海吃海，但是祖母再也不肯讓王家人出海。十五歲的明輝在港邊打工，為一家人謀生計。

「大海有取之不盡的資源，但也包藏著不少人類無法預測的危機……，」結婚後第六天黃昏，明輝在海邊說過的話，清晰地留在金姑的腦海裡。她經常想起那日黃昏的大海之濱與明輝共度的點點滴滴：涼風徐徐吹拂著，一波波雪白浪花帶著節奏有序的海濤聲，彷彿在為明輝的話語伴奏；不知不覺間，燦爛的陽光已經變成一輪紅紅的火球，高高掛在山頂上，滿天彩霞，繽紛絢麗又壯觀；當最後一道夕陽的光輝沒入大海時，大地萬物的輪廓變得朦朧恍惚，她望向漁村，感覺石屋罩上一層黑紗，顯得無比寧靜；夜幕升起，天空上繁星點點，輝映著海面上盞盞漁火；離開海濱的時候，明輝一路牽著她的手……。他說：「感謝妳願意嫁給我，希望我是個能夠讓妳依賴的好丈夫！」他的聲音中流露的真誠和手掌心傳遞的溫度，讓她深刻感動。

那個當下，金姑知道她青春年少的山居歲月和成為王家媳婦的人生，已經連接起來，密不可分了！

十八年未曾出過家門的內山姑娘，默默承諾願與丈夫同甘共苦，丈夫的家人便是她的家人，丈夫的村莊便是她的村莊。

嫁入王家門的第七天，金姑便加入漁村婦女的工作行列，揮汗勞動。夏去了，秋走了，冬來了，天氣一天比一天冷，明輝滿懷不捨地看著妻子肚子一天比一天大、雙手又紅又腫。他日夜思索著如何能讓她不用那麼辛勞幫忙負擔生計。終於，他決定接受一份薪資優渥的工作，服務地點是在外鄉的一家紡織工廠。

金姑永遠記得婚後第一次與明輝離別的前一晚，冬將軍彷彿想在離去前將最後的寒氣吐盡，室內室外一片冰冷，一家人縱然萬分不捨也都躲進被窩去了，只有他們夫妻別情依依。戶外海風呼嘯，被窩裡明輝將她緊緊擁入懷，過了許久才開口說：

「對不起，讓妳挑起這麼重的擔子，實在是不得已……」很多年之後，她依然可以感受到那一晚，他從那寬厚的胸膛傳送的溫暖、愛與疼惜。

青春走到白首

金姑與明輝一起生活數十年，周遭的人都感受得到他們之間鶼鰈情深。鄰人說他們是模範夫妻，親友尊他們為家族的典範。但金姑說沒有絕對完美的婚姻，她與明輝之間也曾經因為各種不同的理由，甚至於全然只因為情緒的問題，而引發的大大小小的爭執，糾纏次數多得數不清。至於為何而吵，她說大多吵完之後就忘記了，只有兩件事一直印象深刻。

在一九七〇至一九九〇年代，不像現在網路發達，家家有電腦、人人有手機。那時候流行電玩，到處有網咖、遊樂場，百貨公司內和大街小巷的店家都設有電動遊戲機、電視遊樂器。她的大孫子世川小時候，正是街上遊戲機最流行的時期。她記得有一個假日午後，她和明輝帶著孫子散步，世川小手一邊拉著奶奶、一邊拉著爺爺，一路蹦蹦跳跳童言童語。當他們歡歡喜喜路過一家擺了幾台投幣式電視遊樂機的店家門前時，世川突然停下腳步，一雙黑白分明的眼眸充滿期盼地望著明輝說：「阿公，我想玩。」

明輝默默看了金姑一眼。她彎下腰、表情嚴肅、語氣堅定地說：「世川，不可以，電玩對眼睛、身體都不好，而且養成習慣，沉迷了對將來更不好！」

世川一臉失望地抽出被她拉著的手，轉身拉著明輝邁開腳步。她默默跟在他們後面走了好一陣子。

「阿公，我們家是不是阿嬤最大？」孫兒終於開了口。

「不是，我們家阿公最大。」明輝朗聲回答。

「可是，為什麼常聽阿公說阿嬤說了算？」

「哈，哈，憨孫セ，阿公尊重阿嬤啊！而且阿嬤說的很有道理呀！」

「噢！」

世川回頭等著她跟上，將一隻小手伸向她。

數十年過去了，她偶爾還會想起那天祖孫的對話；她知道明輝多麼尊重她。她也知道自己在努力前進中經常犯錯，但是他總是以幽默和諒解輕輕帶過，而且事實上，終其一生，他不曾對任何人嚴厲數落過。明輝的寬容大量，她點滴在心頭。

另外一件事的歷史，比電玩小插曲更久更遠，但對她來說彷彿是昨日才發生。那個故事要從王家在一日之內三個男丁同遭船難開始。祖母將眼睛哭壞了，但生活上並沒有失能。祖母除了每天料理家務外，還幫忙帶大她和明輝的四個孩子。大兒子伯宗出生幾天之後，金姑就繼續每天出去打工，伯宗留在家裡由祖母照顧。明輝將粗麻繩懸套在屋頂大梁上，兩端垂下牢牢繫住竹片編織的搖籃框的兩旁，籃框上另外繫上一條比較細的繩子，方便她老人家走動時可以隨手拉動搖籃。祖母日日拉動搖籃、唱著她自編的搖籃曲。

伯宗乖乖睏，一暝大一寸。阿祖搖啊……搖，惜啊……惜，伯宗一暝大一尺……

搖啊搖，伯宗會喊阿祖了、伯宗會走路了，伯宗兩歲了，然後麗珍已經出生兩個月了。有一天金姑一如平常趁工作空檔回家探望，遠遠便聽到女兒淒厲的哭聲，她匆匆跑進屋內。

啊，搖籃破了洞？小娃娃滑落，祖母渾然不知？

金姑將麗珍從地上抱了起來，緊緊摟在胸前。在她的有生之年都不曾忘記那畫面：小女娃兒躺在地上，臉上淌著鮮血，舞動手腳哭著，祖母滿頭滿臉是汗、賣力拉動搖籃、嘴裡喃喃不停：「麗珍寶貝，乖，乖，媽媽就要回來了，莫哭，莫予媽媽煩惱！阿祖惜，惜，乖，莫予媽媽煩惱！阿祖搖啊…搖，惜啊…惜……」

數日後明輝休假，他到家時匆匆招呼過大家，滿懷慈愛趨前去搖籃抱女兒。

「小美女，爸爸回來囉！來，爸爸抱抱……啊！啊！發生甚麼事了？寶貝的臉怎麼了？」

沉——噹——

金姑手上正在清洗的一隻碗落到地上，一個碎片劃傷了她的右腳背，冒出一股鮮血。自明輝到外鄉工作數年來，她第一次沒有從廚房急急奔出去迎接他的歸來。

其實那天他們夫妻從頭到尾都沒有吵架，只是夜裡明輝很安靜，金姑也很安靜。

他們都知道沒有任何理由彼此埋怨；但是，那一天，他們彷彿都對生活有些不滿。

數年過去了，祖母的眼睛依然沒有復明，而體弱多病的爸爸去了天庭。祖母主張明輝將漁港最後僅有的房子變賣，全家移居臺北。於是，海濱小漁村的火金姑被帶進城市。她一如過往，渾然不覺自己的微弱，繼續奮力綻放自身的愛、生命力與光芒。

從漁村移居臺北的時候，伯宗六歲，麗珍四歲，仲坤兩歲，金姑的肚子裡還懷著小女兒麗月。一家人租賃的住處，位於市區狹窄的巷弄裡的一間小閣樓。那是四樓公寓加蓋的鐵皮屋，廚房、衛浴設備與住在四樓的房東共用，進出要經過巍巍顫顫的木板階梯。明輝的妹妹明芳、明美、明珠、弟弟明智雖然先後外出工作、陸續各自成了家，但沒事都喜歡回來湊熱鬧，十來坪的閣樓內，經常擠得連嚴冬都覺得暖呼呼的。尤其是夏天的時候，鐵皮屋頂吸滿熱氣，更是熱不可擋。閣樓外有個小陽台可以晾衣物，金姑每天都在那兒停留幾分鐘，吹吹風、舉頭看看天空。好長一段時間，她總覺得臺北的天空，就算是萬里晴空，也是被一層灰濛濛籠罩著，沒有山村的天空那麼清澈；臺北天空上的雲朵，也沒有漁村的雲朵那麼自由奔放。

到了臺北安頓了下來，金姑便挺著大肚子在市場旁的巷道內賣小吃。一開始，她與炒肉鬆的分租了大約五坪大的店面，擺了幾張簡單的桌椅，只賣各式麵類。由於生意興隆，大約一年後遷移到一間二十多坪的獨立店面。明輝幫她掛上「悅來小吃店」的招牌，雇用兩位助手，加賣白飯、滷肉飯、燙青菜及黑白切。她每天在晨曦的微光中起身準備食材，在小吃店從早忙到晚。

寒暑二十載，好像在不知不覺中就過去了。一九八〇年，明輝以總價七十萬買了一棟三十多坪公寓的二樓，除了三成自備款利用民間互助會支付之外，其餘金額向銀行貸款，分二十年本利還清。之後，娘家與婆家的親友、鄰居到臺北來辦事，經常來暫住，家裡總是轉個身就會撞到人。小小的公寓裡，充滿溫暖。

明珠、明智說：「哥哥家人氣旺。」

明美開玩笑說：「像個收容所、難民營。」

明芳說：「嫂嫂心量寬，心寬房就寬。」

「啊，啊，我們王家人人心量寬，才能讓所有客人來了不會覺得尷尬啊！」金姑說：「感謝你們對我這個嫂嫂寬宏大量，家裡人來人往，你們都沒有怨言。」

「哥哥、嫂嫂都對我們這麼好，大家感謝都來不及了，誰敢抱怨？」明芳說。

「是啊，謝謝嫂嫂。」明美、明珠、明智異口同聲說。

明輝笑著說：「啊，啊，弟弟妹妹這麼說，你們的大嫂會很不好意思的！」

「對啊，都是一家人！」

很多年之後，明輝的祖母、母親先後過世了，兒女也都成家獨立，家裡終於有了一般人都有的客房和客廳，客人來了有房間睡，明輝和金姑閒來無事時，終於能夠一起坐在客廳閱讀、品茗、看電視。

明輝在六十五歲時，從紡織廠的機械維修部經理職位退休，領了一筆退休金，加上金姑也累積了一筆存款，他算算足以讓兩人安心過著一般平常人的老後生活，當退休的日期確定之後，他興致勃勃地說，以後要帶著金姑到處走走，也要多幫忙做家事，洗窗戶、拖地板都由他來。但真正不必上班之後，還沒有開始遊山玩水、也沒做幾次家事，他就喊累，還說感覺心臟下方隱隱作痛，偶爾有噁心、腹脹、上腹部不適等現象。他以為是胃出了問題，便自行買胃藥吃。金姑硬拖著他去醫院檢查，結果發現肝臟長了腫瘤，被醫師宣判患了肝癌！

在醫院聽到醫師宣判的那一刻，明輝退休才剛滿三個月。他如遭雷殛，轟然一陣暈眩。走出醫院，在返家路上，左鄰右舍和同事口中的好好先生，生平第一次對任何人都視而不見，任何人對他說話，他都大氣不吭一聲。整整兩個白天和夜晚，聽到屋外鄰居的講話聲，他有股衝動想要出去罵人或找個人打架，但都握緊拳頭忍住了。第三天夜裡，他輾轉反側，在昏暗的床頭燈下，看見身旁的金姑在鼾聲中眉頭緊蹙，他滿心不捨。

怕吵醒她，他輕輕起身走到客廳癱在沙發上，任腦袋嗡嗡響。不知過了多久，已經好久不曾想起的母親，突然出現在他的腦海。那是一個假日的午後，家裡只有他和母親，兩人絮絮叨叨說了大半天話。他很清楚記得母親說：「兒子，上天送給你一個好太太，你要好好待她。人家都說婆媳間很難相處，但對我來說，金姑是媳婦，更像女兒，也像妹妹。你的弟弟妹妹都說大嫂金姑像媽媽、也像姊姊。她自十八歲進了門，最美好的青春歲月都奉獻給王家。她要工作賺錢，又要洗衣、煮飯、生養子女，公婆、小叔、小姑全得招呼。失明的祖母、還有我這個綁小腳的婆婆，來到城市，搭公車、過馬路、過天橋，經常都得由她背！她再怎麼辛苦，那張眉清目秀的臉龐上，永遠帶著如陽光一般燦爛的笑容……。」

母親的話像水一樣，將明輝已經墜落谷底的心情浮了起來。他忘了自己的失意，將思緒全圍著與金姑有關的生活點滴轉，渾然不覺早晨的陽光已經灑滿大地。

「我熬了稀飯，端來這裡吃好嗎？」金姑來到他身旁輕聲問。

「好。」

她轉身進廚房。

看著她的背影，他突然想起數日前碰到一位多年的同事。那位同事年紀與小女兒麗月相近，身高、體型、走路的樣子都很像年輕時候的金姑。她原是一個每天打扮亮麗、陽光燦爛的窈窕淑女，相隔才三個月，卻完全不是他記憶中的樣子。那天她看起來至少瘦了五、六公斤，以前修剪整齊的頭髮有些凌亂。可能是出於習慣的友善或是禮貌，她對著明輝努力在臉上擠出一絲笑容，但那悲戚的樣子，讓他感覺她好像忘記了怎麼笑，他無限憐惜。

同事說，她的父親在年初發現肺腺癌，自從得知病了的那一刻開始，便情緒失控，周遭親人的生活，也全跟著亂了步調！她的父親剛滿六十歲，手術順利，癒後良好，但他卻將自己定位成沒有用的廢人，陷入死亡的恐懼中，除了在睡夢中高聲吶喊之外，清醒時只要開口便是呻吟、嘆氣，看到人就怨聲訴苦。她的母親在五年前過世了，去世之前臥床將近一年，姊妹們像現在照顧父親一樣，每天輪流回家陪伴，母親總是說她會努力照顧自己，希望大家放心，不必日日奔波往返於工作和她之間。姊妹們雖然很累，但是內心感受到母親的愛……。

臨走前，同事一臉蒼白、疲憊、垂頭喪氣幽幽地說：「好希望父親也能像母親一樣，對孩子們說幾句安慰的話；好希望呻吟、嘆氣、抱怨、訴苦，真的能夠幫父親減輕痛苦……。」

明輝感覺好像走在黑暗中電燈突然亮了起來，他清清楚楚看見自己前面的路，連日的恐懼、焦躁、怒氣全都自動退了場。他決心與病痛和平共處、隨時隨地提醒自己，不說情緒性的話傷害周邊的人。

當金姑將稀飯、配菜擺在茶几上的時候，他微笑著與她一起吃早餐。他心平氣和接受了手術、配合醫師的療程，按時服藥、吃金姑燉煮的養生餐。他每天清晨即起，散步、做體操、打太極或是閱讀、聽廣播、寫日記、練書法。當甚麼事都不想做的時候，他就靜靜躺著休息。他特別喜歡寫毛筆字，從離鄉外出工作開始，每當感覺孤寂、情緒有些躁動的時候，只要將墨硯擺好，拿起筆專心在紙上揮毫，浮動的心便整個平靜下來。

金姑毫不遲疑將小吃店收了，陪著明輝進出醫院，每天為他燉煮營養品。中醫所說的、報紙上登載的、親朋好友說的，她無不費盡心思去採買、經常改變食材組合、烹煮方式、調理出富有變化又色香味誘人的健康美食。

早年曾經來家裡打過地鋪的遠方親友，經常特地來探望明輝，他總是打起精神感謝大家的關心、親切地與訪客話家常；金姑一定準備可口的家常便飯，不讓他們空腹而歸。有好幾次客人走後，金姑關心地問他：「剛才看到你在談話中突然蹙緊眉頭、手握拳頭，是不是很不舒服？」

「是有些不舒服，但還受得了……」

「你都不埋怨、也不向人訴苦，會不會給自己太大壓力了？」

「嘿！沒事啦，不必擔心！其實要做到不讓病痛控制情緒，並沒有想像中那麼困難。」

「喔，我只是擔心你太辛苦了。」

「放心啦，我知道自己的情況。妳看，在那種時候，我還能夠思考、能說話、能回答問題，就是沒問題啊！」

明輝平心靜氣地過著每一天，數年間，他保持規律作息、生活起居一切自理，直到臨終之前，只讓金姑為他洗過一次澡、刷過一次牙。

病痛終有盡頭，最後的那一天，他看起來精神還不錯，早上九點左右金姑按慣例要陪他出去運動。

「走，去公園？」

「不想動。」他低聲回答。

「噢，那就來喝一碗熱湯？」

「不餓，來，坐……」

她在他身旁坐下。

「這一世人很感謝妳。我走後，妳要好好過生活……」

他的聲音很輕很柔。

「沒事說這些？」

「昨晚看見爸媽向我招手，我想時間到了。」

他的氣有些不順，稍稍停頓了一下，端起開水喝了一小口，便咳嗽起來。她趨近輕拍他的胸、順他的背。他咳嗽漸漸平息了，但整個人像虛脫了一樣，臉色青綠。她扶他到床上躺著，然後到客廳打電話給伯宗。兩個鐘頭不到，兒子伯宗、仲坤，媳婦秀錦、雪花，女兒麗珍、麗月，女婿來富、懷德都先後回到家裡，喊著爸爸。

他睜開眼睛，帶著溫柔的眼神，一一凝視在場的親愛家人，然後「哈……啊……」呼氣，緩緩闔上雙眼。

他在醫師判定的年限之內安詳地走了，嘴角帶著一抹微笑，青綠的臉色慢慢變成了粉白中帶著些微紅潤，本就斯文的樣貌，更顯幾分儒雅氣息。

明輝的後事遵照他生前的意願，一切從簡。兒孫們捧著他的骨灰灑在故鄉大海那天，初冬午後溫暖的陽光照耀著大地，金姑回憶著那個初夏的薄暮時分，想著他數十年來，真誠一如當年在大海之濱那個新婚的青年……想著儘管他為了照顧親人，終生也沒有按照自己的意願，讓她享受不必付出勞力的生活，但是他讓她感覺幸福。

回程中，她彷彿聽到他對她說：「希望我是個好丈夫……。」

「是的，你是好丈夫、好父親、好人。」

她望向車窗外，對著已經消失在灰暗中的海天一線低語。

明輝過世後，金姑一個人住三十多坪的公寓，雖然親朋好友經常來探望，她還是覺得家裡被無盡的孤寂、冷清佔據。三個月之後，大媳婦染了重感冒，竟一病不起辭世，大兒子伯宗搬來與她同住。她每天為他準備三餐，母子兩人失落的心，才慢慢又各自認路回歸。

又過了三個月，女婿來富犯了躁鬱症，為了協助女兒麗珍，她重拾熟悉的餐飲服務業。一如以往，她堅持食材一定要新鮮、不使用免洗餐具。她每天將小吃店裡裡外外打理得整齊乾淨，食材、碗盤、筷子都洗得乾乾淨淨，就像自己要用的一樣。過五年，大兒子伯宗退休後也投入幫忙，她的休息時間增多了。

伯宗高工畢業，鴻展的爸爸幫他介紹到公家機關擔任臨時技工，後來成為編制內技工，屆齡依《勞基法》辦理退休，領了一筆退休金，生活無虞。他說幫妹妹盡一點力，其實是為了減輕媽媽的負擔。他還說，轟動一九八〇年代的日本電視劇《阿信》的主題曲歌詞，很像是特別為媽媽寫的。

命運是對手，永不低頭，從來沒抱怨半句，
不去問理由，仍踏著前路走，青春走到白頭……

第二章　時代映像：這些人，那些事

青年震盪

一個陽光亮麗的週日，金姑一如平常的作息，吃過早餐、出門參加了晨間運動、然後去買菜。當她走到市場入口時，看到一輛嶄新的轎車停在水果攤旁，一個大約二十多歲的陌生年輕人在挑水果，她於是先走到隔壁菜攤。

「水果好貴！物價上漲，政府無能！經濟差、民不聊生……。」那年輕人邊挑水果邊嘀咕著。

「有那麼嚴重嗎？」賣水果的進步笑著問。

「老闆，你都不看新聞嗎？我每天都在網路群組收到好幾個訊息，批評臺灣經濟沉淪……很多旅館業活不下去了……」

進步只是笑笑沒說什麼，倒是隨著金姑後面來到的一位老顧客說：

「唉，唉，少年ㄝ，莫信那些網路上的『假新聞』，根本很多是故意來亂的！」

攤商們都喊那位老顧客「經理伯」。他已經年近八十，屆齡由銀行退休後，經常陪太太上菜市場。

經理伯繼續說新聞不可盡信，年輕人卻不耐煩搶著說：「你不覺得政府明明就是很爛嗎？」

「少年ㄝ，我們做人啊，說話要理性！政治、經濟的好壞，我們應該要從很多層面去探討的……」經理伯開始滔滔說起一些術語和數據，年輕人不時打斷他的話語，與他辯論了起來。

金姑像魚攤前排排坐的老太太們一樣，豎起耳朵、看他們辯得有些激動。

突然，那年輕人拿起水果攤上的西瓜刀揮舞一下……誰也不知道他是有意或是無意，經理伯的手臂被畫了一刀，血冒了出來！

那年輕人漲紅了一張臉，顯得躁動不安的樣子。

「還好啦，只是輕輕傷到一點皮肉，不礙事。」

經理伯看了年輕人一眼，沒再多說什麼。年輕人默默地上車，將車子開走了。

金姑覺得一場有可能演變成讓人驚心動魄的意外，在經理伯沉穩的態度中，輕鬆落幕了。但她還是感覺深受青年震撼，她只買了青菜便離開菜市場。回到家，她泡了杯熱茶，開始讀報紙、瀏覽手機上親朋好友賴來的訊息，讓心境慢慢地回歸平靜。

過了許久，牆壁上的鐘，終於悠悠揚揚響了九聲，與她同住的大兒子伯宗，來到她的身旁一邊看報一邊對她說他對某件時事的觀點。母子閒聊間，突然門鈴叮咚、叮咚響！

「媽，明天是您的生日，」麗珍人還沒進門就說：「明美姑姑安排為您暖壽。平日經常聚會的親友，除了出國工作和旅行的，大家今天都會來。」

「啊？」

「媽，今天吃飯的事，我們約好分別帶來拿手好菜，飲料由阿吉和鐵柱負責。」

「啊？怎麼好意思讓客人自己帶吃的來？」

「姑姑、舅舅、舅媽、叔叔、嬸嬸、嫂嫂，大家都認為這樣比較好。」

叮，咚……門鈴陸續又響了幾次。跟著女兒麗珍、女婿來富和外孫耀昌及耀勝一家四口之後，其他親友幾乎同時來到：金姑的表弟鴻展與怡安夫婦、小叔明智與月珠夫婦、小姑明美與勝發夫婦、小兒子仲坤與媳婦雪花、外甥阿吉和好朋友推拿師鐵柱師傅，還有孫兒世川（伯宗的兒子）和太太杜紅及一雙兒女。金姑對著每一個摯愛親友，笑得合不攏嘴。

眾人在笑聲中分工合作，擺桌椅、碗筷，取鍋碗瓢盆分裝各家帶來的拿手好菜。很快地，餐桌上便擺著滿滿的食物，紅、黃、綠、黑、白，冷的、熱的，葷的、素的，濃郁的、清淡的全都有，令人食指大動。

午餐後，滿室熱鬧烘烘，金姑由衷地欣喜。鐵柱來到她的身邊，一邊幫她按摩肩膀一邊說：「阿姨，舅舅他們在談政治，那是管理和服務眾人的事，也是當代不分城鄉、不論士農工商都關心的事。在場的幾個長輩講的內容好有深度喔！」

「是啊，鴻展和明智都是博士。雪花說他們除了專業領域以外，對政治、經濟和歷史也都有研究。」

「阿姨，仲坤大哥也是很棒啊！噢，對了，我聽阿吉說，鴻展舅舅與怡安舅媽，一家兩代出了六個博士？」

「是啊，表弟從國小到大學都功課超級棒，後來留學美國取得物理學博士學位，娶了一個同樣由臺灣去的文學博士怡安，生了一雙博士兒女，媳婦和女婿也都是博士。」

「好強喲！舅舅、舅媽一直都在美國，前幾年才回臺灣定居？」

「嗯，兩人想念家鄉的親友，退休了決定落葉歸根。」

金姑舉頭對著鐵柱笑笑，同時豎起耳朵想要聽聽鴻展、勝發、明智、仲坤在講些什麼，卻意外聽到怡安說：「臺灣好像大家都很關心政治？」

「因為媒體充斥、資訊爆炸，不管博士、碩士、學士、或是大字不識，對於社會所關注的事件，大多能知道一些，也有自己的看法，尤其是政治議題，因為生活在自由民主的空氣之下，很多人喜歡暢所欲言，說起理論來也都頭頭是道……」麗珍說。

「在我們這裡，享受民主自由就像呼吸空氣一樣自然，甚至沒有感覺到自由的存在。大家隨時隨地，隨心所欲高談闊論，或是在網路上大鳴大放，沒有人擔心說錯話會被抓去坐牢或槍斃，也很少人會去想到今日的自由民主，是先賢流血流汗付出代價爭取來的。」明美接著說：「現在全球人類自由指數，臺灣排名前十。今日大家對檯面上的達官顯貴高聲撻伐，簡直像罵小孩一樣。」

「嘻，嘻，我朋友說，現代父母對孩子有時候雖然很生氣，但是心裡千迴百轉罵不出口。」杜紅笑著說：「倒是罵公眾人物容易多了！」

「啊，啊，開口罵一罵檯面上的人物，或是說說某重要人物的說法與自己的看法一致，總是能讓人感覺自己的存在也是重要的。」月珠笑著說：「前天早上我搭計程車，門一開，一隻耳朵便聽到司機很高興地說，他空轉了兩個鐘頭終於載到第一個客人，另一隻耳朵卻聽到車上收音機空中主持人正在口若懸河批判政府。我都還沒坐穩，司機卻將收音機關了，開始滔滔不絕發表他個人對美國總統川普的批判，我連插嘴的機會都沒有！我想他大概認為罵美國總統，叫做跟得上時代吧？」

「哈，哈！這種現象，到處都存在！」雪花接著說：「昨天我去買菜，聽到幾個攤商拉拉雜雜討論著南北韓終止敵對、中國對臺實彈軍演、中美貿易大戰……。有一位老先生本來在旁聽，突然高聲說他對於那一系列的問題，懂得比我們的總統還多！攤商們便熱烈請他發表高見，老先生毫不客氣擺出架式，就像選舉時站檯演講一樣，特別是對於統獨問題，事事、句句聽起來都很有邏輯，攤商們個個點頭稱讚，我也覺得深受感動，很希望老先生的見解，能有機會派上用場。」

「如果老先生是政府高官的幕僚或是大公司的高階主管，肯定是優秀人才！只可惜那麼高水準的理論，在市井生活圈的位置上，可能完全英雄無用武之地！」月珠說：「廣大庶民的想法，也許只有在造成社會輿論風潮時，才有機會派上用場吧？」

「但是，要造成風潮，可不容易吧？而且一般人想像中的邏輯，在複雜的局勢中很難行得通。」怡安接著說：「我倒想分享一個讓我印象深刻的不同經驗。去年我與鴻展跟著一個企業界的朋友去以色列，我們由機場搭計程車到飯店，司機問我們是不是來觀光？朋友回答說想要找投資機會，司機就開始幫我們介紹以色列的創投業概況。他說著流利的英語，講話態度從容、條理分明，提供的資訊具體而豐富，讓我們像是聽了一場專業人士的精彩演講。朋友說他一路聽著司機的介紹，在進飯店之前，內心就已經升起一股想要找一家創投公司投資的強烈渴望。」

「嗯，有意思，我們的計程車司機講政治，以色列的計程車司機講創業投資。」雪花說：「拚經濟和民主自由，都一樣重要啊！」

金姑還想聽聽怡安和雪花談以色列，但耳際傳來表弟鴻展宏亮的聲音，她被強力吸引了過去。

「二〇一六年美國總統大選，川普以懸殊的差距大勝希拉蕊，那時候固然跌破許多人的預測與期待，但在許多網路世代的眼中，並不稀奇。報紙、電視遠遠落後了。」鴻展說。

仲坤接著說：「年輕網路鄉民的意見，已經變成世界的主流了。以往年輕人不愛看新聞、鮮少關心公民議題，但隨著網路的高度發展，現今在媒體上討論時事議題，年輕人是主力的一群。」

「對，對，我聽客人說，那些年輕人就是所謂的幼獅快客！」鐵柱高聲呼應。

「嗯，YOUTHQUAKE，牛津辭典公布的二〇一七年度風雲字，說明年輕人已經造成全世界文化、政治、社會的重大變化，而且對大選有震撼性的影響力。」勝發說：「不管翻譯成幼獅快客，或是青年震盪，青年地震，青年震動，結果都震出極端的『粉FAN』與『黑HATE』……」

「現在的愛、恨壁壘分明，與以往的藍綠對立現象，我感覺很像。」金姑很少發言，這時候卻開口說出早上那個揮動西瓜刀的青年，讓她的心情很受震動。

「本來對政治和社會議題冷感的年輕人，因為網路平台上鄉民熱烈發表意見，互相感染，激發出關注熱情。」明智說：「新聞媒體焦點跟著人潮走、跟著網路點閱率前進，渲染的結果，不但年輕人激情，每個年齡層的群眾也都跟著激情！」

「網路快速傳播之下，有人可能一夕間被當瘋子看，有人可能瞬間被捧為神，端看輿論風潮。雖然推上浪頭的其實不一定是對的。」勝發接著說：「因為網路實在太方便，而且假帳號、假新聞的製作成本低，網路變成假消息的開放領域，真假無從分辨，讓人很容易被誤導。現在人人手握智慧型手機，隨時都可能在無意中接收假新聞、扮演傳播者。『**假新聞**Fake news』已經被英國《柯林斯字典》稱為二〇一七年的年度風雲字。假新聞的魔鬼藏在細節之間，有時候似乎連常識和邏輯都很難派上用場。不過我覺得假新聞都有個共同性質，有的是充滿批判、帶著負面能量的用語，有的就是一面倒的歌功頌德。」

「曾幾何時，收視率最高的政論節目，被網路社群搶盡鋒頭了！」月珠加入談話圈。

「感覺上，政論節目對於新聞的真假還比較有節制，網路相對缺乏制約。」——明美加入表達觀點。接著怡安也和大夥兒討論著網路風潮、青年震盪、假新聞對國家社會所造成的影響。

金姑覺得他們個個都很有學問、並深深引以為榮；但是，那一刻她竟無法像往常一樣專注地聆聽他們的談話。她的思緒一下子飛躍到二戰期間盟軍為了打擊日本而空襲臺灣，一下子縈繞著明輝的兩個妹婿鬧絕交，一下子混雜著年輕世代不結婚、不生小孩等等問題，同時水果攤年輕人揮動西瓜刀、經理伯手臂流血的畫面，一再浮現在她的眼前。

號角與噓聲

深受青年震盪，金姑的思緒前所未有的紛亂。突然間，表弟鴻展的朋友郭先生夫婦的丟拖鞋事件，歷歷如繪飛到她的眼前。

她記得很清楚，那是在二〇〇四年三月初，有一天市場休假日，表弟鴻展夫婦與郭姓朋友夫婦前來邀她和伯宗一起午餐。他們抵達時，正巧碰到一個婦人送魚來。金姑介紹婦人名叫春華，與先生一起在菜市場賣雞肉。

春華將一大袋魚交給伯宗，同時滿面笑容地對著大家說：「我兒子昨晚去海釣，剛回到家，趁鮮抓幾條過來與金姑姊分享。」

「哇，是我最愛吃的紅色馬頭魚耶！」郭太太好興奮：「每一尾看起來都好像正要飛起來一樣耶！」

「這麼新鮮的魚，平常有錢也買不到，今天大家一定要留在家裡吃魚。」

聽到母親邀大家吃魚，伯宗迅速提進廚房處理。他算算共有十二條，每條大約在半台斤到一台斤之間。

當日的午餐，十二條鮮魚全部上了餐桌，六條清蒸、六條煮味噌湯。金姑又快手快腳準備了半隻白斬雞，還有一盤香噴噴的蘿蔔乾煎蛋、一盤點綴著白色大蒜片的翠綠空心菜、一盤白色高麗菜配紅蘿蔔絲與黑色香菇絲。一桌家常菜，卻人人邊吃邊稱讚好吃。

餐前，怡安介紹郭先生是來自宜蘭的農家子弟，鴻展的大學和留美碩士班同學，剛由知名上市電子公司高階主管退休。夫人與郭先生是同鄉，也是大學同校不同系的學妹。夫人美麗大方，學生時代追她的男孩很多，郭先生擊敗很多對手才抱得美人歸。當年這一對才子佳人結成夫妻，在他們家鄉是一件轟動的風光大事。

餐後，金姑與伯宗很快為大家準備熱茶、水果和甜點，興趣盎然聽鴻展和怡安與郭先生夫婦談話。他們從國際局勢、世界金融、全球環保、各地風俗民情聊到臺灣社會現況……。

「我們可以強烈感受到臺灣幾十年來政治、社會、文化生態的強烈震盪。最近我研究臺灣近代史，了解一些關鍵性的事件。例如：一九八七年解除長達三十八年的『戒嚴』，一九八八年解除『報禁』，一九九二年廢除刑法一百條的『預備叛亂罪』、『言論內亂罪』，一九九三年有線電視合法化，一九九四年底首次開放『院轄市長』及『省長』選舉，一九九五年有線電視《二一〇〇全民開講》開政論節目風氣之先，一九九六年舉行首次公民投票的總統直選……，一系列的改變，讓戒嚴時期的封鎖，逐漸被民主開放的氣氛取代，一步一步落實並保障了言論自由、全面邁向民主政治的體制。」鴻展說。

郭先生接著說：「二〇〇二年《大話新聞》開始播出，與《二一〇〇全民開講》同樣擁有高收視率，兩台都對政治，特別是選舉事務的影響力極大。選戰進行期間，一打開電視，不管有線無線，大多是名嘴和政治人物各護其主，形成了政論節目、選民、政黨三者之間微妙的互動與共生關係。」

「淡水紅毛城的園區入口處有九面國旗，象徵三百多年來先後管理或代管過紅毛城的國家，分別是西班牙、荷蘭、明鄭、清朝、英國、日本、澳大利亞、美國、中華民國。」鴻展說：「紅毛城的身世就是臺灣歷史的縮影，同時見證了三百多年來臺灣多元的文化面貌。臺灣長期被殖民、戒嚴，卻能夠在近三十年內快速民主化，成為華人社會唯一的民主國家，非常難能可貴。」

「雖然說民主時代言論自由，但是不可思議為什麼政論名嘴好像都無所不知？舉凡國防、外交、經濟、內政、天文、地理、歷史……都能夠談得頭頭是道。最奇怪的是他們對於喜歡的人可以捧到九霄天高，對於不喜歡的人則把人貶得如地上的屎！好像相信只要是與他相同陣營的人都不會做壞事，而與他不同陣營的人做的每件事都是錯的？」原本在一旁靜靜聽的伯宗，難得發表意見：「我總覺得那種充滿謾罵、嘲諷的談話風氣，會影響人們的脾氣、修養和思考習慣。是不是？」

「當然會！」郭先生說：「現代人好像忘記了『閒談莫論人非』，更忘了『不在其位不謀其政』，無論士農工商販夫走卒，一批判起來，都表現得很勇敢。」

「哈，哈，說的總是比做的容易啊！事實上，固然有些人言論難免偏頗，但我們不能否認也有一些人願意就事論事、說良心話。只是我覺得臺灣社會在政治上對立的現象，確實有些過頭。」鴻展說。

「政治上對立的社會現象，並不是現在才存在的，也不是臺灣特有的。」怡安說：「澳洲近十年來換了六位總理，三年一任無人能做滿任期，不也是同樣的現象嗎？」

「嗯，怡安說的對。古今中外人性差異不大。」郭太太說：「黎巴嫩文壇驕子紀伯倫，在一百多年前就已經在他的名著《先知的花園》寫出這樣的話：『憐憫這個國家！以號角歡迎他們的統治者，卻以噓聲送他下台，然後再以號角歡迎下一位』。」

「郭大嫂說的好！大名鼎鼎的英國首相邱吉爾也有一句名言：『對政治領袖無情，是偉大民族象徵。』」鴻展說：「臺灣這三十年來，不管誰在位，雖然不同陣營的人總是不斷地互相批評、指控、否定，但幸好市井依然物資豐饒，街道上熙熙攘攘。這就是民主自由的可貴。」

「相較於名嘴的口水與強詞奪理，現在我更擔心網路一窩蜂的新趨勢，那種近似集體催眠的現象，真是可怕！」怡安說。

「網路上瘋傳具有特殊目的煽動言論，也許在一分真實中摻和了九分假，但是因為說得頭頭是道，一般人很難思辨，確實讓人憂心！」鴻展說。

鴻展、怡安、郭先生夫婦繼續討論著網路的影響力，金姑雖然不太懂，但她在一旁努力傾聽。不知不覺間，她發現他們的話題轉移了，鴻展與郭先生熱情談起他們共同的理念和即將來到的大選，兩人對他們共同支持的候選人多所期許。

「你們兩人真沒水準，那個有甚麼好？」郭太太突然間大聲嘶吼。

「奇怪了，大家談得好好的，妳為什麼那麼大聲？」郭先生對著太太說。

靜默。

伯宗起身說：「啊，我去切水果。昨天小妹麗月和妹婿懷德回家來，帶了一大箱水果。」

靜默。

「妳支持的那個又有甚麼好？」郭先生對著太太開了口。

「至少比那個小鼻子小眼睛的好吧？」郭太太沒好氣回應。

「好，好，話說回來，每天看妳坐在電視機前聽那些名嘴胡說八道，真是沒營養。」

「甚麼沒營養？他們都很有知識啊！而且多聽聽，才知道政府在做什麼、社會上的人都在想些什麼，不是嗎？」郭太太盡量讓聲音平和。

「那麼也該彼此尊重，哪有一面倒批判指責對方的？自稱文明人卻專做反文明的事！」郭先生語氣帶著揶揄。

「他們說的有道理啊。」

「一再擴大陳述問題，一分證據卻說七、八分的話，根本是強詞奪理。」

郭太太沒有回應卻起身走到窗邊深呼吸。片刻之後，她突然轉身對著先生大聲叫囂：「你沒有國際觀！」

「妳有國際觀？」

兩夫妻彷彿忘記在別人家作客，逕自你一言我一句鬥了起來！

「大哥、大嫂，沒那麼嚴重啦，不管誰當家，我們都是必須自立自強的小老百姓啊！」怡安笑著打圓場。

「一定要政黨輪替，才有未來。」郭先生語氣嚴肅。

「輪什麼？替什麼？」郭太太出其不意彎下腰拿起拖鞋，向郭先生丟去。不偏不倚砸中丈夫的額頭！

郭先生面紅耳赤，握緊雙拳站了起來。

「沒事，沒事。」鴻展迅速伸手拉住他。

郭太太進了洗手間。

郭先生垂頭嘆了一口氣，緩緩斜靠沙發上。

一陣令人尷尬的靜默。

金姑起身去廚房，在伯宗身旁想了好一會兒。

嗶，嗶，嗶……水壺的呼叫聲讓金姑回了神。她沏了一壺香氣四溢的高山烏龍茶端到客廳。隨後伯宗也端出了一大盤綜合著紅、白、綠、黃、紫，五色誘人的水果拼盤。郭先生起身幫忙遞熱茶和水果給太太，郭太太很自然地接過、微笑著說「謝謝」，同時挪動位置與大家圍在一起，眾人間氣氛又活絡了起來。

那日過後不久，在總統大選投票的前一天，發生了槍擊案，引發社會紛紛擾擾很多年。

尋找理性

金姑記得明輝曾經感嘆：「大家平常很融洽，但是一碰觸到政治議題，就失去理性。」明輝固然有所感觸，但他並沒有置身兩個妹婿鬧絕交的遺憾場面，因為那是發生在他過世很多年之後的事。

明輝有一個弟弟和三個妹妹。大妹明芳在半工半讀中完成了初中、高中的學程；她的先生方政忠，祖籍湖北，原是小學教員，邊教書邊繼續進修夜間大學，一路利用寒暑假讀碩士，變成國中教員又變成高中教員。政忠在公立高中任教，屆齡退休後享有優渥的月退，但他覺得沒事做無聊，便在一家私立科技大學授課，因此大家稱他教授。二妹明美也是在半工半讀中完成了初中、高中的學程；她的先生許勝發，來自農村，高商畢業後的第一份工作是賣黏膠的外務員，專跑製鞋業。一九七〇年代之後，臺灣百業興起，勝發回家鄉在自家農地建工廠，做帆布鞋。因為他很注重品質，而且功能及造型設計都能跟著時代潮流走，所以不但國內業務源源不斷，還能夠外銷海外。勝發在鄉下有農地、有廠房，在臺北有住家和營銷辦公室，資產豐厚。小妹明珠一路順利讀到大學畢業，在一家貿易公司服務，張廣立是她的直屬上司，後來兩人結婚自己創業，經營服飾進出口業務。小弟明智從小喜歡讀書，完成博士學位後在研究機構工作奉獻所學。大妹婿政忠在講台上口才便給，小妹婿廣立的業務才能也是一流，親友聚會只要有他們在，必無冷場。二妹婿勝發是生意人，小弟明智是學者，兩人卻有廣泛的興趣交集，碰面總有聊不完的話題。

弟弟妹妹都生活好、家庭圓滿。他們四家彼此間往來親密熱絡，固定安排一起旅遊、度假、餐敘，每次活動都邀請明輝與金姑參加。

二〇一四年三月，他們在郊區一個度假村休閒三天兩夜。第一天晚餐過後，勝發和明智兩人在戶外看星星聊天文。月珠、明芳、明美、明珠去洗三溫暖美容浴，其他人悠閒地在一起看電視、談天說地。

「大嫂，您看那些小孩子不受教，不回去學校好好讀書，搞什麼公民運動？服貿、兩岸監督條例，錯綜複雜，他們懂多少？」

政忠一邊盯著電視，一邊對著金姑大聲說。

「啊？」

金姑一時間不知道怎麼回答，卻聽見明智的兒子耀祖朗聲說：「大姑丈，他們當然都有見解，而且兩岸關係與未來息息相關啊！」

「是啊，大姨丈，我也認為有關係，而且我好希望去現場！」勝發的女兒慧君大聲附和。

「我好想參加遊行。」

「我也好希望親臨現場。」

聽見幾個晚輩向政忠表達他們的熱情，廣立笑呵呵地說：「姊夫啊，難得年輕人關心國家大事，而且如果以一百年之後世代的眼光，去看這場太陽花運動，或許那正是歷史進程中，屬於年輕人不可或缺的重要事件呢？」

「政治的事很複雜，現在對的未來不一定對，」政忠瞪了廣立一眼，嚴肅地說：「孩子們年少不懂事，你湊什麼熱鬧？」

廣立哈哈大笑看了政忠一眼，大步跨出戶外找勝發和明智去了。

同年十月中旬，政忠六十大壽，在家裡舉辦餐敘，四個家庭都到齊，伯宗、仲坤和雪花也出席了。那一晚，涼爽舒適、夜空繁星點點，眾人享用了色香味俱全的外燴佳餚之後，伯宗、仲坤走到戶外，聽明智和勝發認識天上星座。月珠、明芳、明美、明珠和雪花，留在餐桌旁閒談。金姑在客廳津津有味地聽著廣立告訴她俄羅斯的景觀、國情、文化。一向對政治不熱心的年輕晚輩，卻在起居室電視機前熱烈討論九合一選舉、白色力量崛起⋯⋯。

沒有人注意到政忠什麼時候也來到電視前，直到「無知！無恥！臺灣人是垃圾！」幾個字突兀地由他嘴裡高分貝噴出。年輕人中斷談話驚訝地望向他。廣立笑嘻嘻高聲說：「哈，哈，大姊夫在臺灣已經住了幾十年，您也是臺灣人啊！」

「閉嘴，你懂什麼？」

廣立偏又嘻皮笑臉大聲說：「是，是，大姊夫是教授，當然懂得多！」

「小姨丈客氣了！您讀臺大商學系、做國際貿易，跑遍全世界，我覺得您見多識廣啊！」慧君說。

廣立正想對慧君說些客氣話，卻聽見政忠鏗鏘有力地斥喝：「小孩子別插嘴！」

「大姑丈，慧君年紀不小了呀！」耀祖說。

「這裡沒你們的事，你們出去外面走走。」金姑低聲說著，同時伸出雙手推慧君和耀祖。

「我很久以前就想教訓你了！」政忠瞪視廣立。

「教訓我？」

廣立故作傻笑，但是他突然僵住了。他沉默片刻後問到：「姊夫生氣了？」

「嗯！嗯……」

政忠拳頭握緊，厚厚的鏡片下雙眼眨個不停，光禿的頭上好像冒著煙。

「大姊夫，我說啊，我們的晚輩都上過大學、讀過研究所，個個在職場上表現優秀，見解也不差。不是嗎？」

「他們懂個屁！」

「哦？怎麼說呢？」

「你這語氣？什麼態度？」

「大姊夫說我語氣不好？態度不好？」

「正是，你激怒了我！」

「這樣啊？怎麼辦？今天我也很想動氣，我們兩個乾脆來說清楚講明白！」

「垃圾！」

「又來了？垃圾？好……」

「那你想怎樣？」

「一直以來大家尊敬您，因為您是長輩，總聽您高談闊論，但您有時候也該尊重別人的想法吧？我已經容忍你二十幾年了，不想再忍氣吞聲了！」

當旁觀的每個人都還在琢磨著勸架的話語時，廣立一字一字清清楚楚向大家宣告：「以後只要有他在，我拒絕出席！」

自從二〇一四年十月政忠的慶生派對之後，很多年過去了，廣立和政忠再也不曾同時出現在任何活動中。

平行線

金姑每次想到廣立和政忠絕交，就會聯想到小吃店裡兩個很特別的常客。他們是住小吃店附近的退休族，年紀大約七十歲。打從兩人第一次踏進店裡開始，金姑就發現他們之間好像有說不完的話。他們經常聊政治，但不管什麼議題，彼此總有理由駁斥對方。

她記得有一次午後，其他客人都走了，伯宗走到店門外去抽菸，她進廚房洗碗，店裡只剩他們兩人自在地鬥嘴、嘻笑怒罵。突然間，激昂慷慨的爭吵聲蓋過了碗盤的碰撞聲，讓她嚇了一跳失手打破了一個盤子。她急忙探頭往外望，卻聽見其中一位笑嘻嘻地說：「所以老哥您的意思是，您對於自己所屬的黨，雖然很失望，但還是不討厭？」

「對啊！只是有些生氣，不是討厭。話說回來，你終於認清你所支持的那個黨的真面目了吧？」

「是，是，今天聽老哥的一席話，讓我茅塞頓開。」

「這，這，你口是心非！」

「哈，哈，老哥就不能不戳破小弟的小小把戲嗎？」

「真是胡扯！」

「有何不可？」

還在抬槓？

看到兩人笑嘻嘻，金姑原本緊繃的神經鬆開了。她轉身拿起掃帚彎腰清理盤子碎片，又拿水龍頭將瓷磚地板沖洗了一遍。終於，大鍋、小鍋、碗盤、湯匙、筷子……全都刷洗乾淨了，她走出廚房，看見兩人還沒走，仍然笑嘻嘻地鬥著嘴！她破例走到他們身邊問：「兩位先生有沒有翻過臉？」

他們沒有回答她，卻異口同聲笑嘻嘻地互相問對方：「你願意為政治議題和我翻臉嗎？」

「不願意。」

「我也不願意。」

「哈，哈，阿姊啊，我們從戒嚴吵到解嚴，從蔣總統時代吵到蔡總統上台，以後還是有得吵的。」

「嘻，嘻，紅衫軍、綠衫軍我們各選各的菜，各走各的路，從來都是平行線。」

「阿姊啊，您可知道，我身旁這位大哥，他的兒子在上海工作，嫂夫人經常往那邊跑，但他硬是一次也不肯去，兒子過年乖乖攜家帶眷回來省親，平常他也每天興沖沖和兒孫視訊……」

「啊，啊！」

「阿姊，安啦，其實我們心中都有一條底線。」

「我們是有水準的人，要保持民主風度啊！民主自由是我們共同的價值，在生活上已經像空氣一樣不可或缺，哥倆之間再怎麼鬥，也得共同守護啊！」

「也許將來有一天，除了彼此尊重之外，我們還能夠相互學習、相互欣賞、相互幫助，那麼平行線就會走向交集啦！」

「哈！哈！」

「哈！哈！」

很多年過去了，他們倆依然一起光顧小吃店，繼續在嘻笑怒罵中互相駁斥對方的觀點，繼續在面臨翻臉的邊緣懸崖勒馬、坦然以幽默化解尷尬、繼續當至交。

每當碰到親友們在政治議題纏鬥時，金姑總會想到這兩位客人，由衷期盼他們所說的「交集」能夠完美出現。

股海搏浪

中秋佳節，勝發邀請大家在家裡聚會，眾人在庭院裡一邊烤肉一邊聊天，笑聲洋溢。鴻展、怡安、勝發、明智、伯宗、來富、仲坤、月珠……一夥人，國內外政治話題告一段落之後，勝發隨意提到有一家工廠發生一場大火，他正好在幾天前才買了那家公司的股票，原本擔心這一來要虧大了，沒想到……

他的話還沒說完，明智即高聲說：「哈哈，大火燒了廠房設備，嚴重影響公司營運，理論上股價應該是大跌才對，但隔日卻直奔漲停，讓你發了大財。是不是？」

「隔日確實直奔漲停，但怎麼可能這樣就發大財？又不是有通天本領，事先知道會火燒廠房股價大漲，一口氣瘋狂猛買！」勝發大笑著回答說：「如果那樣瘋狂，恐怕不是發大財，而是傾家蕩產，落得悽慘吧？」

「上帝要毀滅一個人，總是先讓他瘋狂。」鐵柱沒頭沒腦拋出一句話。

阿吉瞪了鐵柱一眼，轉頭問明智：「叔叔，您怎麼知道那檔股票漲停？」

「哈哈，我亂猜的。」

「我猜是那家工廠位於市區中心，土地身價暴漲。叔叔，您說對不對？」鐵柱又拋出一句話。

「如果真像鐵柱老哥說的，那麼附近所有工廠的大老闆們，乾脆都直接將廠房燒了，坐擁土地等發財，豈不是更輕鬆嗎？」沒有等明智回答，阿吉反問。

「那樣一來，土地供過於求，價格就要崩盤了！」明智回答。

「土地多出來的資產價值，是來自於過去幾十年來國家社會整體的進步，如果我是大老闆，一定大大回饋國家社會。」鐵柱又有話說了。

「哈，哈，鐵柱師傅，就因為你不是大老闆，才敢說大話，充闊氣！」仲坤大笑。

「曾國藩的祖父說：『有福之人善退財』。錢財散出去福氣進來，總比讓富二代、富三代爭產，互相告上法庭好吧？」鐵柱還有話說。

「哈哈，鐵柱師傅說的雖然沒錯，但最好是錢進我的口袋，讓我發大財呀！」坐在金姑身旁的月珠，起身伸長脖子哈哈大笑高聲說。

「沒錯，金錢已經成為全球最多人崇拜的對象，遠遠將信仰基督教、伊斯蘭教、印度教、佛教……的教徒人數拋在後面了。」鴻展笑著說。

一群人興致高昂談論著價值觀、人生觀、賺大錢、做公益、經營事業、企業良心……。金姑雖然覺得那些都距離自己很遙遠，但她還是認真聆聽。好一陣子之後，她覺得坐太久了，必須伸展一下手腳，於是起身到戶外陽台深呼吸、望望藍天……。當她再回來他們身旁時，意外聽見孫兒世川正在高聲說：「大家都知道有一個大名鼎鼎的老闆曾經說『公司股價沒做到兩百元不退休』這件事吧？」

「我知道！」

「我也知道，那是在二〇一八年六月的股東會公開場合說的。」

「我也知道，很多新聞媒體都曾經報導。」

好幾個聲音回應。

世川接著說：「我們公司有一個同事，看到媒體報導大老闆那麼說，又看著股價確實有在上漲，便在一百元左右砸下所有儲蓄去追。同事興奮地對我們說：『我不要貪心等到二百元，只要八折一百六，我就可以賺到一棟房子來當包租公了！』」

世川還沒講完，明智就插話說：「但是沒想到好景不常，上漲沒幾天，股價就反轉往下走了吧？」

「叔公說對了，那個同事將持股抱了超過一年，怕越虧越多，後來索性認賠賣了。」

「虧了多少？」很多人同時問。

「他沒有告訴我們實際虧損的金額，只說連減資後每一千股變成八百股，正好虧掉一半。之後他經常嘆氣說，不但當包租公無望，連孩子讀大學、出國留學的教育基金都賠光了！他還說，一整年的股市行情都不是太差，同樣的金額、同樣的時間點，閉著眼睛隨便抓一檔別的股票都會賺，偏偏他聽信大老闆說的話而大虧！」

「別的是不是賺，倒是不一定，不過有可能不會那麼慘吧？」明智說。

靜默。

「我聽客人說，臺灣證券交易所成立於一九六二年，直到一九八八年六月股市累計開戶數都還不到六十萬戶，但是到二〇一二年底，總數超過一千六百萬戶。臺灣只有二千三百萬人口，豈不是意味著幾乎全民都想在股市發財？」鐵柱出聲打破大家短暫的沉默。

「我想必然有數百萬戶頭是捧錢對股市貢獻的散戶。」明智又笑著高聲說：「因為散戶總是看別人賺得笑歪歪的，才忍不住心癢跳進去，卻莫名其妙鼻青臉腫躺著出來！」

「叔公您又說對了。」世川對明智表達敬意。

「其實不只散戶，就算知名老手也有看走眼的時候。最經典的是二〇一六年川普出乎意外擊敗希拉蕊當選美國總統，開票後全球股市全面狂跌一日，隔日從開盤的恐慌下跌走勢翻轉到收盤的慶祝行情，之後又連連上漲。縱橫國際股匯市場數十年的知名老手索羅斯，因為川普當選放空美股，短短幾週便慘賠近十億美元。」勝發說：「索羅斯不怕賠，反正他已經賺多了，隨時隨地都可以重新出手。但是散戶銀彈不夠，被打趴，就沒有元氣站起來了……」

「沒有做股票，不會知道臺灣與世界的連結是那麼緊密，不管美股重挫，或是歐、日、亞股大跌，臺灣都無法倖免於難。但是保持理性，跌的時候進場，漲的時候出場，低買高賣是不變的致勝關鍵。」

金姑幾乎不敢相信說話的是她的女婿來富！原來他也在聽大家的談話？很久以來，「股票」不是變成他的禁忌話題嗎？他是否真的懂他自己所說的「保持理性」？她的心中升起很多問號，同時聽到表弟鴻展說：「要確保低買高賣其實不容易吧？我不做股票，但是我也很關心股市動態。最近看到有一家和太陽能有關的公司，股價由十年前的千元跌到現在的十元。從千元到十元間，過程中每一點都不算低吧？」

「舅舅您點出了一個好問題。啊，對不起，容我跟著阿吉喊您舅舅！」鐵柱吐了一下舌頭，然後恭敬地對鴻展說：「就如您所說的，我也常聽客人說低點可能還有更低點。剛才世川說的同事，不就是逢低買進卻還是虧嗎？而我一輩子唯一碰過一次股票是在二〇〇八年，由一百五十多元跌破十元，跌得夠低了吧？我買了之後，連那家公司的名字都還沒有弄清楚，就不明不白陣亡了！世川的同事至少還能拿回一半！」

鐵柱的語氣和講話的模樣，讓耀昌、耀勝吃吃笑。

「沒錯，真的是很好笑。」鐵柱說：「我的顧客有很多人做股票，療程中，難免說到他們買的股票。有一個認識多年的常客，她是貿易公司的老闆娘，人很好，有一天她對我說，有一檔股票已經由每股一百多元跌破十元，分析師說有機會翻轉到四、五十元。她問我要不要投資？於是我請她幫我買了一萬股，每股以九元九毛成交。我說將股款電匯給她，她說反正她每星期都來，等下次來時直接給她就好。隔週她來時一見面就說：『師傅，本來想幫你賺外快，卻天天跌停板，現在只剩三塊錢了，比一顆雞蛋水餃還便宜！我想要全部認賠殺出，順便幫你的賣了，虧的算我的。』我回說：『不，不，哪有我賭博、您出錢的道理？我的留著好了。都已經跌那麼多了，也許就要翻轉回來呢！』結果是那檔股票沒多久之後就下市了。」

「太扯了吧？簡直比詐騙集團更狠！」耀昌、耀勝異口同聲為鐵柱叫屈。

「聽說是因為內線交易，作手炒股害慘了那家公司和投資人。」阿吉幫鐵柱說明。

「那十張所謂的股票，紙張比普通信紙小一點、厚一點，每張代表一千股。我只看見頂端正中央有個紅色標誌，至於上面所印的鉛字，我想認識它們，但它們不認識我。我真是笨頭笨腦，怎麼死的都不知道！」

聽到鐵柱那樣說，又想到自己的爺爺、父親和大伯都是股海大輸家，耀昌、耀勝忍不住繼續嘻笑怒罵股市詐騙集團，直到勝發說話才靜下來。

「股市總是有起有落，但每次因意外風吹草動，導致股價瞬間崩跌的時候，殿後的『散戶』小兵必然死傷遍野。」勝發說：「早期很多散戶加入股友社聽明牌、或是從報紙上補風捉影跟著主力、天王買進；後來投顧老師花大把鈔票買電視時段，在上面說得頭頭是道，散戶聽得入迷，埋頭跟進。他們或許也曾經嘗過飆漲的滋味，但是後來中箭落馬的一大堆。」

「對，市場裡很多攤商加入股友社，一個月付五萬元費用、每天接收幾支明牌，但最後都輸慘了。」金姑難得開口：「賣綠竹筍的寶英，儘管先生永吉不同意，她堅持以一千九百五十元搶進國壽。她說：『股友社的老師說，主力大戶要拉抬到三千元耶！只要花不到二百萬，什麼事都不必做就等著賺進一百萬，不是比三更半夜出門挖竹筍好賺嗎？』結果那支股票抱到現在，還在為爬上五十元奮鬥！而永吉和寶英也經常為那件陳年舊事吵架！」

月珠接著說：「說到這種火山孝子，我們家有一個鄰居的孩子，在一九八八年底，應徵進了證券公司當營業員，幾個月之間他看到指數從四千多點漲破萬點，市場上瘋傳將衝破一萬五千點，有些名嘴甚至大喊上看二萬點，看得他熱血沸騰。於是，他除了工作上必須幫客戶下單之外，也私下為自己操作，結果不到一年之間，不但薪水全部泡了湯，還逼得他的父親賣了一棟樓房為他還債！」

「哈，哈，那是老故事了。天王、大戶、老師、名嘴都過時了。現在流行『基金經理人』、『法人操盤人』。」明智笑著說：「不過報紙上說，有黑道綁架基金經理人問明牌，看來現在的股民還是一樣瘋狂！」

「散戶小兵在股海滅頂的故事，好像說不盡，聽不完。但是，我們公司有一個供應商說他的爺爺是常勝軍。他的爺爺說選對前景成長的產業永遠是最佳策略。」世川說：「他二十歲生日的時候，他的爺爺和奶奶分別送給他當時市價五十萬元等值的股票當禮物；爺爺送的是台積電，奶奶送的是即將上市的新銀行股，結果奶奶送的新銀行股票，過沒幾年變成了紙上紀念品，但台積電還在，而且已經幫他賺了數十倍。他覺得奶奶聰明過人，但爺爺說她在股票投資上沒有贏過。我沒有做股票，但是很想知道今後什麼產業最有前景？」

都沒有人發言？莫非大家都曾經自以為聰明卻在投資上輸了嗎？金姑暗自在心裡升起一些疑問，同時將關愛的眼神望向女婿來富。他是股海的大輸家。

樂迷

大家樂，一九八〇年代中期後開始，臺灣瘋行的一種非法賭博方式。最瘋狂的時候，無論士農工商都投入簽賭；很多「樂迷」到廟宇、道觀、墳墓祭拜，向神佛、鬼魂，求「明牌」，甚至膜拜各種物體如樹木、石頭……。他們相信中獎號碼會出現於各種超自然現象中。他們將日常生活中的各種現象、夢境、或是神靈指示的符號，用力猜測、解讀、翻譯成心目中將開出的中獎號碼，便叫做「逼明牌」。電影《他損龜　我發財》、《瘋狂大家樂》、《天下一大樂》、《0099大發財》都是描述瘋迷時期的社會現象。

大家樂賭風盛行的時候，金姑每天都可以在生活周遭看到熟識的攤商、小吃店裡的顧客三三兩兩交頭接耳，或是開懷大笑，認同彼此對同一現象的解讀、或是面紅耳赤爭執自己「逼出」的數目字才對。

有一次在菜攤前，她手上拿的一條彎彎曲曲的茄子掉落地上，當她正要彎下腰去撿的時候，賣菜的細妹拉住她說：「我來……啊！阿姊你看這條茄子躺在地上的樣子，像不像3？」

賣雞肉的樹德正好路過，便停下來看，很興奮地說：「真的很像3呢，這期03一定會開出！」

細妹和樹德眼神不約而同轉向菜架上的一堆茄子。她知道他們是要從茄子不同的長相中，去逼出更多明牌組合。

還有一次，她才剛走到市場門口，便聽到賣水果的曼玲大聲說：「我昨天晚上夢見鄰居的黑狗對著我吠三聲……」

「狗就是九，」賣豬肉的秀桃搶著說：「09會開！」

「可是狗吠三聲不就是03嗎？」賣滷味的大慶正好經過。

「那我要簽03、09。」這次說話的是賣日用品的國棟。

「奇怪了，你們為什麼都不猜39？」賣魚的水蓮冷不防冒出聲。

「39？好像也對吼！」曼玲說。

接著一片安靜。

另外還有一次，某日休市的午後，賣滷味的大慶來小吃店閒晃。那時用餐顛峰時間已過，店裡只剩六個客人，大慶高聲說：「阿姊，今天早上我到前面的土地公廟卜名牌，乩童畫的符看起來很像兩粒鴨蛋在爬樹，我太太說是08，我說是28……」

大慶還沒有說完，便有一位客人急忙放下還有大半碗的麵，湊過來說：「對吼！爬的臺語是8，兩是2，鴨蛋是0。」

「所以，也可以是20吧？」另外一位客人高聲喊。

08，28，20，02……，金姑一轉眼就看見店裡所有顧客，都離開吃麵的位置擠到大慶身旁，個個熱烈提供意見。

「樹，也有代表什麼數字吧？」

「一棵樹，會不會就是1？」

……

……

當店裡的客人還在繼續亢奮地討論著樹所代表的數字時，大慶卻轉身快步離去了。金姑猜，他已經自有解答，急著趕去包牌了！

同年秋天，某個上班日的午後兩點左右，午餐的客人都散去了，金姑正想休息一下，卻發現門口來了一個陌生人，男性、五十歲左右、五短身材、小平頭、墨鏡、頭大臉四方、繡有雨傘商標的嶄新白色運動套裝、方便走路的名牌白色休閒鞋……還有左手腕上戴著滿天星、右手腕上繞著寬版黃金手環、脖子上披掛著很有重量的黃金項鍊、雙手好幾隻手指上都有閃閃發亮的戒指！

「莫非是道上大哥？」金姑暗自在心裡忖度，同時不忘打起精神含笑招呼來客。

「姊啊，大碗的招牌什錦麵，還有青菜、黑白切通通來一些！」

來客高聲點了菜，在一張四方桌前，以舒舒服服的大架勢四平八穩坐下來。

金姑很快先送上綜合黑白切。

客人拿起筷子吃了第一口，還來不及吞下去就高喊著：「姊啊，黑白切再加一份。」

「好的，很快就來。」

他神情愉快將所點的東西全部吃得精光，連麵湯都喝得一滴不剩。臨走時，他對金姑豎起大拇指朗聲說：「姊啊，麵一級棒，黑白切全部超級讚！」

隔天同一時間，他又來了，身旁多了兩個年輕人。他點了三份大碗的招牌什錦麵、五人份的青菜、五人份黑白切。結帳時，他自我介紹：「小弟姓萬，在中和開了一家五金工廠，原本住家與工廠在同一地方，不久之前住家搬來這附近新落成的大樓。」

「哦，歡迎常來，我們的東西新鮮、衛生，價格實在。」

之後，一連幾個月，他一週光顧好幾次，每次都談笑風趣。金姑對他的印象由道上大哥變成鄰家兄弟。

又過了幾個月，有一天午餐的時候，他一進門就對著她說：「阿姊，你知不知道那邊十字路口的大樓？」

「您說的是這附近最高檔的建築物，每戶至少一百坪以上？」

「對，我下星期要去訂一戶當辦公室。」

「喔，那以後要請您的員工也來捧場。」

萬老闆前腳剛走，店裡另外一個客人就笑著對金姑說：「老闆娘，剛才那位先生說要去訂辦公大樓的日期，就是大家樂開獎的隔日。」

她聽了咧嘴笑笑，忙著招呼剛剛進門的新客人。那天之後過了將近一個月，萬老闆都沒有出現，她心想他可能在忙著處理新買的辦公大樓。又過了數日，有一天午後兩點多，她靠在椅子上瞇著眼睛打盹，聽見有人在說：「阿姊，肚子好餓，來碗陽春麵……」

她努力睜開雙眼，看見萬老闆低著頭緩緩走進來。

「您今天不吃黑白切？」

她將一大碗放了很多蔥花的陽春麵，端到他面前的桌子上，同時輕聲問著。

他搖頭。

這時候她才發現他一張臉透著青綠，而且黃金項鍊、滿天星、手環、戒指都沒戴。

「您不舒服嗎？」她關心地問。

他慢吞吞地將一小撮麵條放進嘴裡，口齒不清說著：「不是啦！神明指示的明牌，以為包中，砸下大金額到各地死命包牌，卻連續槓龜好幾期。輸慘了，辦公大樓飛了，廠房、住家都抵押了……」他略為遲疑了一下，望著她說：「阿姊，能不能周轉三十萬？每月利息九千，月初付。」

「啊？對不起，家裡人口多負擔重，都沒存錢。」她誠懇地回答。

他輕輕嘆息。

那日過後，他再也不曾出現在小吃店。好幾個月之後，一個曾經與他一起來過幾次的客人對她說：「……老萬兩年前曾經中過大獎，領到的獎金現鈔堆疊進後車廂，結果整個車子前頭往上舉。但他像著魔一樣還希望中更多，繼續拚命簽，結果越想中輸越慘，輸得很不甘心，懷疑組頭作弊，帶了幾個兄弟到簽賭站鬧事，意外鬧出人命，被抓去牢裡蹲了！」

「哦？」金姑很驚奇地問：「到底多少現金才能讓車身像翹翹板一樣往上舉？」

「當然是億來億去，超級大數目啊！」

「那麼多？那為甚麼還要簽？而且萬老闆經營工廠好像很賺錢，不是嗎？」

「是啊，一念天堂，一念地獄。」那客人說：「早期我曾經和老萬一起簽。我們一起到宮廟求明牌，連中十期。我中獎最多的一次贏了兩百多萬，用好幾個裝稻穀的麻布袋才裝完，開車載回家後分開到處藏，連冰箱都塞滿鈔票，沙發椅躺下去都會被鈔票刺到！」

金姑噗哧笑了出來。

「阿姊，妳知道嗎？當時兩百萬在我們鄉下，可以買一排房子或是一大片土地，以現在的市價估算，足以讓好幾代子孫花不完了啊！」

「噢，您的兒孫好幸福！」

「唉，別說了！都被我敗光了！」那客人停了一下又說：「神明揭示的名牌，讓我和老萬連中十期，實在太準了！於是，接下來那一期，我們開著車全省各地去包牌。」

「什麼？」

「唉，沒想到，那一次我們兩人全槓龜了。我連本帶利、外加太太的私房錢，都輸得精光！我被太太逼著發誓與簽賭絕緣，但老萬繼續玩，結果落得淒慘！唉，真是人心不足蛇吞象啊！」

金龜婿

金姑與明輝育有兩對兒女，依序是伯宗、麗珍、仲坤、麗月。伯宗高工畢業後，鴻展的爸爸幫他介紹進公家機關擔任臨時雇員，後來成為編制內正式員工。伯宗個性安定、工作安定，除了太太過逝太早之外，一生也算幸福安定。仲坤從小愛讀書，求學過程中每學期都領獎狀、獎品、獎學金。他國立大學畢業，服完兵役後考上國營企業，工作兩年後娶妻雪花，再一年生子，一家妻賢子孝。小女兒麗月像仲坤一樣，大學畢業工作兩年後結婚，與丈夫懷德一起經營進出口貿易，育有一雙兒女，一路家庭和樂、事業順遂。唯獨麗珍，因為丈夫來富的金錢遊戲，讓她人生的路上顛簸難行，讓父母操了不少心。

麗珍，從小就知道父母養家活口備極辛苦，國小畢業便堅持不繼續升學。她進服飾店工作，從掃地實習開始到當店員，到頂下一家店，一路不忘為父母打點衣著、將所賺的每一毛錢全部拿來幫助父母減輕負擔。她是親友口中「娶到是福氣」的女孩，從十七、八歲開始，追求者可排成好幾隊。金姑與明輝都深切期盼她能從中得到一個好歸宿，但她直到三十歲才結婚。她的丈夫許來富，外表帥氣又多金，親友都說麗珍找到了「金龜婿」。

來富的父母承祖先庇蔭，繼承臺北市林森北路附近一家藝品店，顧客除了國內有錢人經常出入之外，很多是外國人，特別是來自日本的旅客最多。在臺灣經濟起飛的年代，藝品店營收豐碩，財源滾滾。兩老賺得眉開眼笑，在市區買很多房子、到郊區買很多土地，累積的資產一天比一天雄厚。

來富在兄弟中排行老么，上有大哥來發，二哥來旺。

來富很聰明但不愛讀書，從小他的父母便為他請家教、逼著他上補習班，一路湊合著，總算拿到一個不錯的私立大學商學系學士學位。他第一次遇見麗珍，是在大學即將畢業那年的六月。那天中午，一個與他私交很好的同學，想要在臨別前鼓起勇氣向一個女孩告白，硬是拉著他一起去買禮物。兩個大男孩逛女裝飾品店，眼前不但有琳瑯滿目的女裝、飾品，連內衣、內褲都有，來富正自覺得不太自在，不知道眼睛該往哪裡擺才好時，突然感覺空氣中飄來一股很好聞的洗髮精味道，他反射性地搜尋香氣飄來的方向，正好看見女店員的頭髮被吊扇吹得隨風飄揚。他再向她望去，正對上一雙笑盈盈的鳳眼！他靦腆地將眼神移開，眼角餘光卻彷彿瞥見一小撮銀絲鬈曲在女店員的左側顴骨靠近鬢角處。白頭髮？他很好奇再望一眼，看見她的右頰對稱處，也有一模一樣的一小撮銀亮髮絲！他再次用力望，眼前卻是一個長髮烏亮、青春洋溢的清秀佳人！奇怪了，白頭髮呢？他的視線在她的臉上停留好久才移開。

那天踏出那家店時，來富已經知道女店員名叫王麗珍，與他同齡，未婚。王麗珍還落落大方說，她剛剛頂下那家店，希望他和同學常帶女朋友來店捧場。

之後，來富經常自個兒往那裡跑。很久之後，他才知道原來王麗珍在出生兩個月時，因為從搖籃滑落地上劃傷了臉，留下的疤痕像一彎細細如勾的新月，對稱地掛在她的兩頰上。

臺海兩岸數十年對峙，有錢人為了安全而移民的故事不曾間斷。在一九五二年到一九六五年間，大量臺灣留學生到美國求學，其中一部分畢業後留在當地工作而成為移民。之後，一九七一年臺灣退出聯合國，一九七九年臺美斷交，一九九六年臺海飛彈危機，都造成巨大移民潮。臺美在一九七九年斷交時，來富的父母極力主張三個兒子移民海外，但那時候來富初識麗珍，打定主意除非娶到她同行，否則他哪裡也不肯去。大哥來發、二哥來旺也不熱衷，那年的移民計畫不了了之。

麗珍和父母一樣，認為窮苦人家不要去攀有錢人，但來富苦苦追求不肯放棄。在她二十八歲那年，他跪在她的父母面前，淚流滿面說如果沒有麗珍，他的人生便沒有意義。兩老終於在他們認識之後的第八年，點頭讓她嫁給他。

他們婚後半年，時值一九八七年七月十五日，政府宣布外匯解嚴，來富的父母將大部分現金兌換成美元，計畫將資產分散海外，安排三個兒子去不同的國家開立帳戶，順便考察做移民的參考。於是大哥來發前往澳洲，二哥來旺去了美國，來富到了阿根廷。

三位兄弟各就各位，實地生活半年後回家發表心得報告：來發、來旺說還是臺灣最好，只有來富說他非常喜歡阿根廷。他說阿根廷是個歐風十足的國家，一個世紀前是歐洲人的應許之地，首都布宜諾斯艾利斯是「好空氣」或「順風」的意思。

來發、來旺不為所動，他們堅持留在臺灣。來富將父母已經劃分在他名下，位於臺北鬧區的店面和住家全賣了，於一九八八年初，帶著以五千萬新臺幣兌換的美金，攜手剛懷孕的麗珍飛往他心目中的應許之地。那時候臺灣工業及服務業平均月薪新臺幣一萬八千三百九十九元，阿根廷雇用的員工月薪約新臺幣兩千左右，五千萬新臺幣是一筆大財富。

來富在布宜諾斯艾利斯購置的住家，就像電影裡富豪的宅邸——藍天下高高的綠樹當圍牆，豪華的臥室和大客廳，如翡翠般閃閃發亮的吊燈光彩奪目，從任何一片窗往外望都可以看見美麗的大花園，處處紅花綠草彷彿看不到盡頭……。

來富雇用兩個男傭人負責整理庭院和花花草草，一個女傭負責打掃室內，一個女傭服侍起居飲食。長子耀昌誕生後，又雇了一個女傭專門帶小孩。一家大小三口，有五個傭人服侍。

在前往阿根廷之前，除了購置豪宅之外，來富並沒有想過往後的事業規劃。在朋友的慫恿之下，他沒有多想，從臺灣買了一套二手塑膠產品射出的機器設備，運到順風之城，當起工廠的老闆。

麗珍，宅邸傭人們尊敬的老闆娘，不必操勞家務瑣事的貴婦。她不愛外出應酬，最常坐在豪宅大廳的大沙發上，透過一塵不染的落地窗，欣賞戶外像畫一般漂亮的大花園。她彷彿置身在天堂裡，卻壓抑不住對家鄉親友的想念。看著負責打掃的女傭慢慢地擦窗戶，光是客廳的落地窗便磨了三、四個小時，竟讓她從心底升起一股莫名的不安和漫無邊際的空虛。

擁有二十多名員工的塑膠工廠，開張兩年，量產不順、品質不良。麗珍對來富說：「問題有可能是二手機器有瑕疵，應該找懂機械和生產技術的人來幫忙……。」但是來富沒有找到合適的人才，也無心自己下功夫去研究怎麼改善機器和生產技術，他每天早出晚歸，努力交際應酬。可惜花大錢交際應酬解決不了技術問題，之前探路開帳戶的大筆存款，以及隨後帶去的現金，轉眼就全部被燒光了。一九九〇年底，來富隻身飛回臺灣尋求資助，父母給了他五百萬，二哥來旺借給他三百萬。那時候臺灣勞工平均薪資二萬四千三百一十七元，八百萬對市井小民來說不是小數目。

沒有費力便籌到款項的來富，高高興興約了幾個以前經常跟在身邊的朋友，聚會話別。大吃大喝之際，朋友們的話題總繞著「大家樂」轉，熱烈地說當組頭根本就是財富滾滾來。來富起心動念暫且留在臺灣，先應用那筆錢多賺一些錢。

因為周遭有太多賭大家樂傾家蕩產的真實故事，金姑與明輝費盡唇舌，力勸女婿腳踏實地，把阿根廷的工廠做起來。但來富聽不進任何親友的勸告，堅持成立「大家樂簽賭站」。

那時候農曆過年快到了，人們「試試手氣發大財」的意念特別強烈，每處簽賭站都人氣旺盛。連續三個月，賭客運氣都不太好，來富快速嚐到財富滾滾來的狂喜。第四個月，莊家和賭客平手，第五個月第一期有一個賭客中了大獎；因為簽賭站開出大獎的消息，很多賭客趨之若鶩，業務應接不暇。邪門的是，第五個月第二期之後，每期都被賭客中了大獎！

短短半年之間，來富將本金八百萬和前三個月贏得的賭金全都賠光了，能借到錢的對象也都借過了，仍然有很多筆獎金還付不出！簽賭站天天都有橫眉豎眼的壯漢上門，他苦無對策，便連夜落跑逃回阿根廷。但是，躲沒幾天，討債的人便追到了！

在中間人斡旋之下，債主同意打折清理欠款。來富出售了順風之城的豪宅、廠房、轎車、貨車和所有可以變現的細軟珠寶，勉強還了債之後，已身無分文。他的二哥來旺將他們一家三口接回臺灣，二嫂美鳳將一棟出租的房子退租，讓他們免費居住，同時預付了一年的大樓管理費。

回到臺灣之後，來富去父母的藝品店幫忙，麗珍著手在住家附近辦公大樓的騎樓賣運動休閒套裝。她原本就對服飾有獨到的眼光，再加上她用心觀察附近族群的年齡、性別、高矮胖瘦，參考世界高級休閒服的流行趨勢，採用高級棉布料，特別縫製有如為客人量身訂做的尺寸，每套看起來時尚、舒適、高貴，而且價格平易，因此生意很不錯，收入足以負擔耀昌的保母費和日常開銷，她沒有特別在意來富沒有將薪水拿回家。

兩年後，第二個兒子耀勝報到，同時麗珍意外發現來富在玩股票。他說在藝品店常聽到客人說窮人翻身的故事，股票市場黃金遍地，傻瓜才不去撿。他說他的薪水都拿去買了網路股。他說「網路股」正流行，隨便一家打著「網際網路」名號的小公司，都以超高的股價向創投業者及社會大眾募資。他還眉開眼笑對她說：「太太，我們很快就要翻身了！」

「我們現在的生活不是很好了嗎？」

「傻瓜，老公要讓妳過貴婦生活啊！」

她沒有再說什麼。

數年間，她擺攤的辦公大樓附近人來人往，每條巷道內的小吃店、咖啡簡餐館，上班日的午餐時段家家客滿，一片繁榮。她專注於服裝攤的生意和照顧孩子，來富是否曾經在股海裡嘗過大賺的甜頭？她不知道。

但是後來她知道，在二〇〇〇年的時候，投資人發現「網路夢」是個虛幻的大餅，所有網路股一夕崩盤，很多網路公司倒閉，股民慘遭滅頂，來富當然潰不成軍。她也知道來富向二哥來旺借錢說是想要攤平，但二嫂美鳳說：「攤平？越攤越平吧？這時候錢再往股坑扔，不是就像肉包子打狗嗎？小叔啊，你就別玩了吧！」

麗珍很久以前就知道，二伯來旺小時後被診斷有「學習障礙」，從小心甘情願在水電公司學習一技之長，能夠在新建的工地配置水管、電線、安裝各種水電配備。他的薪水全由二嫂美鳳一手處理，跟著水電公司合作的建案，陸續買進幾棟公寓和大樓。二嫂一手包辦簽約、付款、交屋、貸款、裝潢、出租等等。他們夫妻不做股票，但累積的資產讓親友稱羨。

來富得不到對他最好的二哥二嫂的幫助，轉向父母和大哥請求，卻發現他們都自顧不暇、無力相助！

麗珍後來才知道，原來公公、婆婆在股市做金主，將錢借給股票投資戶。他們深信「只要選股與操作得當，窮人上天堂，富人開銀行。」而公公、婆婆認為自己就是開銀行的老闆。當公公、婆婆把現金和不動產都玩完時，才發現他們心目中最聰明的大兒子來發早就在股市栽了，而且炸開了一個大黑洞！

來富的大哥來發，國立大學電子科系畢業，很多科技公司的知名人物都是他的大學同學。臺灣經濟由勞力密集的傳統產業轉型為電子工業時，同學們或是開公司當老闆、或是在電子公司登上高階主管、擁抱高薪，但是來發完全不羨慕，因為他深信自己的將來會更風光。

一九八八年初，來富帶著太太麗珍移民阿根廷，大哥來發決定留在臺灣成為名符其實的股票族。他說他是要「做投資」不是「投機」。他讀遍各種理財周刊，深入研究每家公司的業績、財務報表，對當時的一百多家上市公司如數家珍。他對自己的選股能力自信滿滿。

臺灣股市一路由一九八七年十二月底的二二九八點上漲到一九八八年六月站上五千點，來發搭上所謂的「初升段」列車，每買必賺。在俗稱「號子」的券商的營業大廳裡，有很多家庭主婦，也就是所謂的「菜籃族」，圍在他身邊請教如何選股，大家賺錢的時候，中午請他吃豐盛的午餐，下午接著唱歌、跳舞、打麻將……。來發紙醉金迷，飄飄然過著如夢似幻的神仙生活。

來發確實很強。一九八八年九月的「證所稅」風暴，一九九〇年一月「鴻源」倒閉、政府祭出打擊非法金融政策，他雖然受傷慘重，但是他從地上爬起來繼續奮鬥，而且神勇地挺過了一九九〇年八月爆發的波斯灣戰爭。

但是來發再強，終究很難敵過預測不到的變因。來發被一九九五年的「飛彈危機」打趴在地上動彈不得！他瘋狂想要彌補融資免於被斷頭，找錢的腦筋動到父母親持有的臺北市近郊的土地。兩老為了規避遺產稅，早已有計畫地將所有房子公平分配給三個兒子，但他們自己名下還有很多筆土地。他們家由媽媽管帳，他是大兒子，又是三兄弟中最聰明的、學歷最好的，媽媽將土地所有權狀和印鑑都交給他保管。來發私下抱著父母的土地所有權狀去銀行辦貸款，但沒想到能夠貸到的金額不夠填補他的資金缺口。他鬼迷了心竅竟將土地全賣了，一舉將融資補足了，餘額再勇敢買進。結果，賣土地所得全部變成了肉包子打狗！眼看即將變成一無所有，他慘綠著一張臉求妻子支援，妻子卻上演一哭二鬧三上吊。他跪地求饒、發誓與股市絕緣，將滿屋理財雜誌丟進垃圾車，找了工作規規矩矩從基層做起，過起妻兒倚門飯菜香的平凡生活。

來富眼看手中握著的「網路夢」幻化成泡影，親朋好友求助無門，他心急如焚開著車四處求神，整天口中喃喃念著南無阿彌陀佛、觀世音菩薩、耶穌基督、阿拉、老天爺、上帝、土地公、媽祖娘娘……。可是，整個宇宙的眾神都沒有回應他的哀求！他變得失魂落魄，坐立難安，日夜糾纏在一起，白天吃不下，晚上睡不好，整個人瘦成皮包骨、眼神空洞。他經常整天把自己關在房裡，好不容易出來轉一圈，卻眉頭深鎖一句話也不吭，有時候根本沒有什麼事，卻大發脾氣。突然有一天，他眉飛色舞地對著麗珍說個不停，說他很快就能賺好多錢，讓她過貴婦生活。話停了，又變回一副陰鬱的常態。麗珍無法預知他甚麼時候會大發脾氣、或是興高采烈、或是悶悶不樂。

醫師診斷，來富患了躁鬱症！

產業外移，再加上很多大型公司將辦公據點遷移到其他地區，服裝攤附近的上班族越來越少，麗珍的生意早已今不如昔，被生活壓得喘不過氣……。

來富帶著父母提供的資金移民海外，來富想藉大家樂迅速發財，來富想靠做股票翻身，出生就多金的來富卻千金散盡成了赤貧，麗珍跟著來富起伏將近寒暑三十載……，彷佛在金姑閉目回憶的瞬間，一切都已經成為過去。突然間，她聽見鐵柱笑著高聲說：「哈，哈，錢找人容易，人找錢困難。我靠雙手賺錢，卡實在。」

她張開雙眼定神望向鐵柱，卻聽見來富說：「想發財？難！保有財產更難，善用財產最難！很多早年移民外國的有錢人，後來回頭發現故鄉其實就是最好的地方，但是再回來時傾盡所有積蓄，也追不回當年賣掉的房地產了。我不但一來一回虧很大，還手癢把本來就享有的財富都敗光了！唉，真是沒事自找麻煩，找罪受，害苦了太太和小孩，還拖累了丈母娘和大舅子辛苦賣麵幫我們營生。唉！我是大笨牛，憨大呆！」

啊！來富能夠在親友面前坦然取笑自己？金姑不可置信地凝望女婿，臉上漾起一片驚喜。

推拿師傅陳鐵柱

推拿師傅陳鐵柱，泰雅族原住民，「陳」是日本人賜給他祖父的姓氏。他的家鄉位於宜蘭縣大同鄉，在海拔很高的山區。那裡林木蓊鬱，天氣多變，冬天傍晚四、五點便開始起霧，天色就暗了。

大家都說泰雅族人驍勇善戰，但陳鐵柱說自己既不驍勇更不善戰，而是一個臣服於命運的順民、溫良的市井小民。

鐵柱與他的父親、祖父三代男丁單傳。他的祖父有一個姊姊，父親有三個妹妹。他的姑姑們都早婚，生一群孩子。他沒有親兄弟姊妹，但有兩打表兄弟姊妹。

他五歲時患了德國痲疹，病癒後發覺日光明亮時，他的眼前光明；日光昏暗時，他的眼前跟著一片模糊。因為窮，長輩們沒有帶他就醫。他在三十六歲上盲人學校，醫師說：「可惜啊！如果在十二歲以前治療，有機會回復正常。」

或許因為視力是在日日夜夜之間，以極緩慢的速度逐漸變弱，讓他在不知不覺中一步步適應，又或許是因為他天生認命、逆來順受，更或許是他從骨子裡欠缺悲傷和埋怨的細胞，當後來被宣判雙眼視力只有0.2－0.3時，他並沒有受到太大的驚嚇，也沒有怨天尤人。

鐵柱的祖父、祖母早逝，母親在他六歲時就去世了。他的父親經常不在家，姑姑們雖然很親，一大群的表兄弟姊妹之間也沒有什麼隱私，但他從母親去世之後，就開始自立自強。收音機是他最好的朋友。他幾乎隨時隨地都開著收音機，任何節目都收聽。有時候，他也會安安靜靜地想念父親，期待他回來。

父親在家的時候，大多會帶著他，去探索不同的山徑，告訴他哪裡可以找到好吃的野果、野菜，教他打獵、設陷阱，告訴他怎麼應付緊急狀況、如何保護自己的安全，有時候也會講一些有趣的事，兩人一起哈哈大笑。他記得在母親過世那年，父親有一次帶著他翻山越嶺，沿路對他說：「高山上有很多被稱為『神木』的大樹，每一棵都無比珍貴。『神木』之所以能夠幸運存活下來，全賴附近山壁陡峭、山谷深不見底、加之運輸困難。被颱風吹倒的『神木』價值很高，政府曾經想要將躺在地上的

『神木』運走，但考慮必須用機械切割、改善道路，才有辦法移動，而機械和交通便利，正是保護區的天敵，結果必然招來貪婪的人類，帶來山林浩劫，最終政府決定讓它們留在原生地與自然共存。這裡的山谷深不可測，你搬一塊大石頭用力往下丟，是完全聽不到回音的。所以你自己走路不要靠邊……」

到了神木區，父親讓他觸摸神聖的大樹，緊拉著他的手讓他往山谷丟石頭。那次的體驗，是父親留給他永不磨滅的愛的印記之一。

父親也曾經帶他到一處居高臨下、視野遼闊的小平台休息，後來那裡成為他的「秘密基地」。在許多陽光明亮的日子裡，到了那裡，他的快樂就來了。

在那裡，他經常想像山神陪伴著他欣賞藍天白雲、看遠方層層峰巒起伏。有時候大風吹來，發出咻咻聲，身旁群樹左右搖擺，嘩啊……嘩啊……回應著，他會欣喜地告訴自己，風與樹正在交談呢！四處旅行的風，體恤樹不曾離開落地生根之處，正在為它們講述旅途趣聞、帶來遠方的訊息……。還有，在那裡他可以看到綿延數十公里的桂竹林，那是他想像中的一片汪洋大海，風來了、竹倒下；風走了、竹站起，就像一波波海浪，後浪推前浪。

坐在「秘密基地」旁的大樹根上聽廣播，是他的最愛。古典音樂、熱門音樂、流行歌曲、名人演講、童話故事、歷史故事、武俠小說、新聞播報、財經分析、政治評論，甚至教學節目、宗教、天文、地理、哲學……，他全都聚精會神地吸收、累積，儲存在大腦的記憶庫裡。

他不曾想過怎麼應用那些從收音機聽來的資訊，他的大頭顱裡每天想最多的是，怎麼找食物，填飽自己的肚腹。

他的家鄉整個部落大約三百多家住戶，幾乎都是近親聯姻，雖然已經到了第四代，血緣還是很近。大家都是親人，但日子都不好過，誰也沒有能力照顧別人。他是否有得吃？沒有人知道。一件衣服穿了十年，也沒有人注意到。當然大家也常常忘記他是個幾近失明的人。

很多很多年之後，他與推拿中心的客人閒話當年，客人說他的山中歲月孤苦無依、寂寞無邊。他卻說那樣的日子無拘無束、自由自在。其中有位顧客在大學教國文，教授說：「師傅的山中歲月，正所謂『偶來松樹下，高枕石頭眠。山中無曆日，寒盡不知年。』（唐・太上隱者・〈答人〉）」

「教授說的，我不懂啦！我只知道年幼時，沒能及時矯正視力，當然很可惜，但一路走來，我看所有人都有一種矇朧美，感覺人間處處有溫情，也挺不錯的。」他說：「其實人都有很強的韌性潛力，對於自己悲慘的處境，也都會習以為常的，因此沒有什麼情況嚴酷得使人無法生存下去。再怎麼不幸的人，也是有快樂的時候，職業再怎麼平凡、生涯再怎麼黯淡，也一樣可以擁有幸福感。」

當年在山中，只要餓不死、凍不死就行了，鐵柱總是笑口常開，從來不曾想過人生和未來。部落裡的人發現他好像在突然間就長大了。他雖然又黑又瘦、經常穿著一身顯得太小的灰暗破舊衣褲，村裡卻依然有女孩主動表示願意嫁給他。他說自己沒有能力照顧別人，打定主意獨享清福。

歲月悠悠，冬去春來，鐵柱早過了而立之年。大家看他傻呼呼的，都認定他就是這樣過一生了。終於，經常在外漂泊的父親說他要落葉歸根了。父親歸來整整一個月了，每天都帶著鐵柱一起出門打獵。某天薄暮時分，父子倆肩上都扛著獵物下山途中，發現不遠處的陷阱裡有一隻野豬掉進去，發出吱吱叫聲，父親迅速射出一箭，同時向前急奔，不一會兒便轉頭大聲說：「唉呀，小隻的，早知道應該留給你射！」

父親惋惜的聲音中帶著慈愛，鐵柱全身的細胞充滿感動，在心坎上深深烙印下父親留給他的另一個愛的印記。

那年父親七十六歲了，依然身強力壯、身手矯捷、健步如飛，宏亮的說話聲是由丹田發出來的。那天過後的第三天午餐時，父親像很多時候一樣大口喝酒、大口吃肉。當他吃飽喝足想要站起來時，卻突然踉蹌倒了下去，永遠離開了鐵柱，沒有留下任何遺言。

辦完父親的喪事，鐵柱獨自來到「秘密基地」，生平第一次放任自己大哭，哭得精疲力盡。哭過，他虛脫地靠著大樹根坐下來，雙眼迷濛地望向蒼天。天空無語，群樹輕輕地「嘩」一聲就保持靜默。大半個時辰過去了，他開始自言自語：

「父親再也不會回來了，再怎麼期盼等待，他再也不會回來了！」

「我真正是孑然一身，了無牽掛了。」

「往後是不是要像大多數村民一樣，一天過一天等著蒙主寵召？」

「如果是，那麼活一天和活幾十年，有不同嗎？」

「不如隨父親去吧？」

一陣強風吹來，嘩…嘩……嘩…嘩……四周的樹猛力甩頭。

「不可以？」

風走了，樹梢微微擺動。

「那麼，我是不是該下山去看看？去體驗不同的人生？給自己機會去改變自己的人生？」

嘩…嘩……嘩…嘩……，風中送來一波波「嘩…嘩……」的聲音，就像在拍手鼓勵他。

每一個結束，都有一個開始。父親過世時，鐵柱已經三十六歲，從來不曾到過平地，當他說想要去上盲人學校的時候，連三個最親的姑媽都認為他肯定過不慣紀律的生活，過不了幾天就會自己摸回山上。但是出乎眾人預期，他快快樂樂地開始了新生活，只有在農曆過年才回山上走春和上墳祭拜。

他說學校的生活很舒適，光是不必煩惱三餐填飽肚子的問題，就讓他覺得像活在天堂了！而且，他終於「看見」了自己「存在」的意義，有了想要達成的具體目標，熱烈渴望成為「有用」的人。

他遵守紀律，像海綿一樣吸收各種新的生活經驗和老師所教的知識。兩年的學程，一晃眼就過去了。結業典禮的隔天，他在學校宿舍裡一早就起床梳洗，生平第一次精心打扮，小心翼翼穿上大表姊夫送的全套二手深藍色西裝、白襯衫，搭配自己的黑色皮帶、白襪、黑皮鞋。梳理妥當之後，他右手拄起拐杖，健步踏出學校宿舍，身上的每粒細胞都甦醒著。

鐵柱生平第一次自己搭車。由羅東到臺北的一路上，他端端正正坐在椅子上，深怕一動就會將衣褲弄出皺褶。終點站到了，他踏出客運，大表姊早已等著送他去應徵。

他亦步亦趨，跟在表姊的身後努力向前走。迎上炙熱的太陽，他一手不停地撥著額頭，串串汗珠卻不客氣地一再闖進他的雙眼，在他的身上四處自由奔流。當表姊宣布「正港推拿中心到了」的時候，他像被大雨淋過一樣，全身被汗水濕透。

推拿中心裡面沁涼的冷氣，讓他渾身舒暢平靜，他拉拉西裝褲和外套、再拉拉襯衫，端端正正坐著，恭恭敬敬回答老闆和老闆娘的提問。有問必答完畢，老闆領他走到旁邊一張推拿床，說道：「來，幫我鬆鬆肩膀、手臂、背部和腰。」

他脫下西裝外套，挽起襯衫袖子，雙手不急不徐地在老闆身上施展捏、敲、打、剁、點、擠、壓、推、揉……。

半個鐘頭過後，老闆說：「手勁夠，但技術有待加強……。」

當天鐵柱就成了「正港」的員工，合約提供食、宿、勞保、健保，薪資以實際工作收入抽成、沒有底薪；為了方便客人聯絡，員工配備行動電話，自付通話費。

「正港」一年營業三百六十天，店門從早上十點開到晚上十點，除了農曆過年全體休息五天之外，員工每月安排輪休共四天，大家相安無事，沒有所謂的一例一休問題。

鐵柱加入「正港」行列時，店裡已經雇了十多位師傅，一半盲人，一半明眼人（視力正常）。老闆和老闆娘是明眼人。老闆娘坐櫃台負責收錢、接電話，老闆出身傳統國術世家，推拿口碑不錯，他像其他師傅一樣，每天從早忙到晚。鐵柱不曾看他休過假。

上班滿一個月後的第一個週六，鐵柱領到生平第一份薪水，扣除吃、住、勞保、健保之外，還有將近三千元。

當老闆娘遞給他薪水袋時，老闆對他說了一些讓他印象深刻的話：

鐵柱，你剛開始收入比較少，不要灰心，以後會越來越多的。這一行沒有捷徑，也沒有不勞而獲，付出越多工作時間，收入就越多。好好做！你剛從學校出來，還須要一段時間，學習從實際工作經驗中揣摩客人的問題，幫客人解決。靠真功夫與客人建立互信關係，就會帶來良性循環。現代人因為睡眠不足、過度使用3C，酸痛問題越來越年輕化，師傅的市場需求很大。只要功夫好，不怕沒有客人。

老闆娘接著說：「現在從事這一行的明眼人越來越多，而且越來越精進。他們不但在手藝上用心，也在學理上下功夫。盲人在理論上的學習比較不方便，所以手藝要更好，才能與明眼人競爭。」

老闆又說：「這是很有意義的工作，既能夠讓你自食其力，又能夠幫助別人。每次看到客人苦著臉進來，帶著笑出去，讓人很有成就感。更珍貴的是每個客人都像一本書，從他們身上能夠學習到好多寶貴的人生智慧。」

鐵柱恭恭敬敬地將老闆和老闆娘的話銘記在心裡，同時小心翼翼地將薪水袋放進長褲的口袋裡。

午餐過後，有一個同事帶他去隔壁的郵局開立帳戶。他將三千元全部存入，心想過年回去山上，要給三個姑媽紅包。他們從郵局回來，已經是下午兩點左右，同事們各就各位忙著，老闆娘在櫃台前開著電視看股票分析。他坐在一旁豎起耳朵，努力聽電視裡的專家在說些什麼。

好奇怪，今天這個老師講的，和前一天別的老師所講的，明顯互相矛盾，可是又好像兩人說的都很有道理，到底誰說的對？當他正遲疑著不知是否可以向老闆娘提出疑問時，口袋裡的手機響了，他急忙畢恭畢敬接了起來。

「喂，喂！」

「陳鐵柱先生？」

一個小姐直呼他的名字，字正腔圓，聲音軟綿綿的。

「是，您好，請問您是哪位？」

「陳先生，您好。這裡是香港大吉利公司，恭喜你中了我們公司的第一大獎，獎金港幣一百萬。」

「真的？假的？」

他當然知道自己每天除了店裡和宿舍之外，沒有去過其他地方，不可能天上掉下禮物，但他繼續回應。

「當然是真的。」

「哇，哇，好運打到我的頭了！」

「是啊，你好幸運。」

「那個……那個……港幣一百萬，等怡（於）臺幣四百多萬呢！」

「是啊，一筆大金額。千萬不要告訴別人喔……。」

「對吼，那個…獎金，怎麼領？那個…偶…偶…要去香港嗎？」

「不用，您不用來香港，我們會將獎金電匯到您的帳戶。」

「噢，什麼時候電費（匯）？」

「您得先支付一些稅金和手續費。」

「是吼，那個……稅金和手續會（費）是多少？」

「港幣十萬。」

「十趴？」

「對，剩下實拿的金額還是挺大筆的。」

「那個，十萬不能由獎金扣除嗎？」

「不成啊，公司規定，必須中獎人先支付稅金和手續費，才能給獎金。」

「噢，那……偶……偶……怎麼付稅金和手續會（費）呢？」

「你可以電匯或轉帳。」

「好，請將帳號用手機簡訊傳來給偶。」

「行，我馬上傳。」

小姐高高興興掛了電話。

才剛收到簡訊，他的手機就響了。這次他沒有接聽。隔天，又隔天，他的手機每天都響了很多次，他全都沒有接聽。第三天手機響的時候，老闆娘遠遠對他高聲吆喝：「鐵柱，你在走神啊？快接電話呀！」

「啊，啊！喂，喂！」

「陳鐵柱先生您好。」

電話另外一頭，正是三天前那個國語說得字正腔圓的小姐。

「你好！你好！」鐵柱熱烈回應。

「我是香港大吉利公司出納，我們公司還沒有收到您的稅款，您電匯了嗎？」

「不好意思，這幾天很忙呢。」

「了解。您從事哪個行業？」

「服務業。」

「噢，服務業啊？挺好的，您有沒有想過，領到這筆獎金之後要怎麼用？」

「當然有！想過好幾遍了！首先偶要去環遊世界，探索宇宙奧秘。」

「這樣啊，第一站先來香港吧，我可以當你的導遊。」

「哦，謝謝小姐，謝謝……。」

「我帶你吃好吃的、玩好玩的。」

「聽小姐講話活潑開朗，有妳導遊肯定很有氣（趣）。」

「保證不會讓你失望的。」

「喔，喔，偶……可以招待妳一起氣（去）環遊世界……」

「好啊，好啊！」

「那個…香港有甚麼好吃、好玩的？」

「你喜歡吃甚麼？」

「鮑魚粥、海鮮、飲茶、異國美食……」
「全部沒問題，請快去匯稅金領獎金！」
「好，好，我有空就去電費（匯），再見。」
他笑著掛了電話。一個年齡與他相近的男同事，湊到他耳邊低聲說：「甚麼電費、水費，一通電話講了超過半個鐘頭，行動電話費很貴的！」
鐵柱對他咧嘴一笑，琢磨著該怎麼回答他的疑問，同事卻匆匆回工作崗位去了。
他的個人行動電話沉寂了幾天。到了週六，同事們都忙著，他獨自端坐在櫃台旁的椅子上，默默期待有路過的客人上門。午後三點左右，他的手機響了，他抖擻精神高聲說：「您好！」
「陳鐵柱先生，我是香港大吉利公司的財務經理。」
這次打電話來的也是女生，國語同樣字正腔圓，聲音同樣軟甜，但好像年紀略大些。
「對不起，現在很忙，不方便說話。」他直接掛了電話。
一連三天，他每天下午三點左右都上洗手間，任手機再怎麼響都沒接。
到了第四天下午三點電話又響起，他誇大地喘一口大氣，然後簡短而威嚴地對著話機喊了一個「喂！」

「陳鐵柱先生？」

「是！」他的聲音鏗鏘有力。

「您把我給忘了嗎？」

「那個？妳就是那個說願意陪偶環遊世界的小姐嗎！偶……偶…怎麼會忘記呢？不過現在很忙，不方便說話！」他匆匆掛斷電話。

又一連三天，他都刻意不接電話，直到第四天身旁同事敲著他的肩膀說：「鐵師傅，你在神遊太虛幻境啊？沒聽到手機在響嗎？」

「喂！」

「陳鐵柱先生？」

「是，您好。」

「這裡是大吉利公司，我們公司總經理要和你說話，請你等一下。」

電話線的另一端，一個聲音高昂的女人，將話筒轉給別人。

「陳先生……」

一個聲音低沉的男人講了一串話，大意是希望儘快結案，希望鐵柱將稅金和手續費轉帳，公司便可以將獎金付給他。

「這樣啊，最近實在太忙了，能不能派人來拿？」

「好，好，我們派人去。」

他剛剛掛斷電話，一個送客人出去的男同事拍著他的肩膀問：「談情說愛啊？」

他正想開口回答時，又來了一個年紀稍大的女同事笑著大聲說：「哈，哈，鐵柱看起來一副老實的樣子，沒想到常常有小姐打電話給他，聽他小姐、小姐，喊的好順溜，還卿卿我我高談美食、世界風情、宇宙神秘……一大堆有的沒的，真是黑矸仔貯豆油……看不出來！」

「小姐是何方神聖？從實招來，快請我們吃糖！」

又來了女同事高聲起鬨，笑鬧一團。

「好啦，好啦，安靜，安靜，各位大哥哥、大姊姊，趕快回去工作，等一下客人說你們服務不好，可別怪我！」

他故意裝得正經八百，卻又忍不住笑著說：「是詐騙電話啦，反正打來的人出電話費，藉機練習說國語啊！」

「詐騙電話？」

「真的？假的？」

「太誇張了吧？每次講那麼久？」

「你被騙去多少？」

「有沒有失財又失身？」

同事七嘴八舌搶問。

「沒有啦，沒有啦，安啦。我哪裡也不能去，總不可能有本事將我的錢從電話線吸過去吧？」

他好不容易有機會回答，同事們卻又爭先恐後發表意見。

「不要太自信，連竹科的高級知識份子都被騙財騙色！」

「報紙上說有大官、大學教授被騙。」

「我聽客人說，律師、建築師、醫師，他們是何等聰明的菁英，都被騙！」

「有一個小姐，被老外加臉書好友，雙方網上聊天幾個月，九百多萬就被詐飛了！」

「時代越進步、人類生活越方便的同時，騙徒的花招也更多、騙術更隨著科技進步！」

「那些妖魔鬼怪，壞事做盡！」

「他們利用人性弱點，連你的三魂七魄都可能被騙走。」

「可不是嗎？人人都聽過海內外詐騙集團行騙的故事，可還是不斷有人掉入陷阱。」

「啊，啊，謝謝大哥哥大姊姊關心。安啦，我不會有事的，盲人學校的老師教給我很多。」

他大笑著敲了每人一拳，同事們終於意猶未盡慢慢散去。

開始上班後的前兩年中，鐵柱只能安分等待著臨時上門的零星過路客，他有很多空閒時段。為了怕錯失客戶，老闆娘規定所有來電都必須接聽，因此他經常在電話線上說說笑笑，將原本不靈光的國語說得越來越順溜，連口吃的毛病也不見了。後來因為越來越多過路的客人回籠變成常客，他的工作量漸漸滿檔，又從滿檔變成超載，他每天工作超過十個小時，再也沒有時間在電話中練功，只要聽到把拔，或是中華電信、中華郵政、警政署、地檢署、健保中心提醒您……之類的來電，他就直接掛了。

鐵柱在山中的生活近乎與世隔絕，雖然由收音機廣播上，他也聽過很多海內外騙徒行騙的故事，但生平第一次讓他感覺那些事件與自己有關係，是在進了「盲人學校」的一個月之後。

二〇〇四年，鐵柱進了「盲人學校」，兩年的學費、食宿都免費。那裡是一個慈善機構，最早稱為「盲人習藝所」，於一九五九年由陳五福醫師購地興建校舍創辦，旨在訓練盲人懷有一技之長，讓盲人能自立謀生。一九六〇年，經政府核准易名為「慕光盲人福利館」。一九八四年，完成財團法人登記，稱為「財團法人宜蘭縣私立慕光盲人重建中心」。那裡的老師們和創辦人陳五福醫師一樣，都有一顆慈悲溫暖的心，奉行陳醫師的理念：「人類的社會該是由互助來促進發展，靠彼此合作才能實現人類的理想。」老師們領一份微薄的固定薪水，還經常捐助學生。

「慕光」讓鐵柱有了生存的目標，熱烈渴望在工作中養活自己、幫助別人。

入學一個月之後的第一個星期一上午，他愉快地等待著身體健朗、聲音豪爽、很會講笑話的魏老師來上當天的第一堂課；但是，出乎預期之外，上課鈴響了很久之後，老師才步履沉重進了教室、靠著講桌站了兩、三分鐘才開口說：「今天……嗯，嗯，嗯……老師講故事給大家聽……」

鐵柱的座位在第一排，講台的正前方，他看不清楚老師臉上的氣色，但是聞到一股不太好的氣息。老師生病了嗎？他暗自擔心著。

老師開始講故事，聲音低沉、沙啞、字句緩慢。

一直以來，我的薪水都交給太太，印章、存摺都由她收存。上週五下課返家途中，看到學校附近有一棟房子要賣，開價五百萬。因為空間比我現在的住家多出兩個房間，我很希望能買下來，逢年過節、子女兒孫都回來時會比較寬敞，但太太說家裡沒有錢！我問她，不久之前不是聽妳說有六百多萬存款嗎？

她遲疑了很久才說，一個月之前，臺北一家很有名的大百貨公司，一個小姐打電話來，通知她抽中週年慶最大獎。小姐自稱在該百貨公司負責公關，說她抽中一台日本原裝進口的高級彩色電視機，市價超過十萬，但必先付三千元稅金，公司才能將獎品寄出。小姐還說如果有問題，可以打電話去公司查詢，並留下查詢的電話號碼。

我太太不久以前去過那家百貨公司，雖然不記得有沒有參加抽獎活動，但她想想只要付三千元稅金就能換十萬元獎品，便立即到附近的提款機去轉帳。隔天早上十點左右，小姐打電話來問三千元付了沒？我太太說已經轉帳了。小姐說她會請公司會計查查看，如果已經收到，便會立刻安排將電視機寄出。過了大約半個小時，小姐再打電話來說公司還沒有收到，可能是操作步驟錯誤，要她再去提款機依照指示重新操作。她立刻帶著提款卡去附近的提款機，按照小姐教的方法操作，但是重複了很多次，螢幕都顯示轉帳沒有成功。她懊惱獎品領不到了，暗自又去試著操作幾次，都是一樣的情形。

過幾天，她想提領五千元零用金，但螢幕顯示：存款餘額不足！

怎麼可能？機器搞錯了吧？我太太滿懷疑問，立即到銀行臨櫃查詢。行員證實帳戶可用餘額，只有幾十元！

……

我和太太已經年紀一大把，存款就只有那麼多，全部被洗劫了！師娘知道受騙了，但是不敢說……

老師由邊說邊流淚，最後變成痛哭失聲。那哭聲，讓鐵柱感覺老師就像一頭被獵人擊潰的野獸，在絕望中發出低吼！

鐵柱永遠記得老師在下課臨步出教室時，彷彿用盡最後一絲力量，氣喘吁吁地對同學們吐出贈言：「你們千萬要記住，不能有貪念，不能貪財，也不要貪色！」

對員工很好的老闆和老闆娘年紀漸漸大了，二〇一〇年轉由兒子管理。年輕老闆希望多接陸客，增聘了幾個年輕女師傅，對鐵柱和幾個抽成比較高的資深師傅不太尊重。鐵柱覺得第二代缺少人情味，二〇一二年，他申請政府就業補助，自己成立了工作室，正好位於阿吉家的樓下。開幕那天，阿吉因為腰扭傷找他調理，兩人成了好朋友。之後金姑的家族成員，也陸續成了他的基本顧客。於是，他成了金姑家族聚會的當然成員。

有一次在金姑家聚會時，鐵柱講到曾經與詐騙集團聊天整整兩年的往事，所有人笑翻天；說到老師的儲蓄被詐光，大家罵聲連連。他對大家說：「感恩盲人學校的老師教給我很多，師娘受騙的那一堂課，我永誌不忘。」

何金蟬的往日舊事

何金蟬，金姑的小妹。

金姑有四個弟弟，兩個妹妹，依序為金旺、木旺、西田、金敏、金蟬、水旺。除了西田自小被領養，讀到高工畢業之外，其他排行較大的金姑、金旺、木旺、金敏都沒有上學校讀過書。在七個親兄弟姊妹中，金蟬排行倒數第二，在山村難得讀了小學畢業。水旺排行最小，很幸運在時代潮流之下，讀到大學畢業。

金蟬小學一畢業便離開山村，到臺北市區一家婦科診所打雜，兼學習護理工作。診所的醫師是姨丈（鴻展父親）的朋友。醫師和醫師娘都對她很好，鼓勵她白天上班，晚上讀補校，於是她陸續完成了夜間部初中和高中學程。在專注、忙碌、充實中，她感覺六年時間一下子就過去了。之後，她發現身邊有追求者，而且也有診所的患者長輩熱心幫她牽紅線。她一直都沒有對某一個異性表示拒絕或是特別熱衷，但紅線另外一端的男孩們，一個接一個結婚了，新娘卻都不是她。一晃眼，她三十歲了，終於結婚了，對象是一個西藥廠的業務員，高永實。在當年，他們兩個都屬於晚婚族。

永實比金蟬大兩歲，五專畢業，高矮胖瘦適中的身材，每天穿戴整潔，襯托出幾分帥氣。作為一個業務員，他並沒有一般人印象中口若懸河的推銷術，但是一講起藥物的特性，他的專業與專注，便為他贏得信任。

從永實第一天送藥材來診所開始，金蟬便認識他。他每次來診所，都很自然地與金蟬有說有笑。她覺得他忠厚老實，就像鄰家大哥哥一樣。突然有一天，他說愛她，向她求婚，她毫不猶豫便答應嫁給他，渾然不覺兩人互相認識已經過了十年，也沒有去想為何過了那麼久，兩人才攜手同行。婚事既定，金蟬便將手頭上所有積蓄捧給永實，兩人合力買了一棟三十坪左右的公寓。

在人生的新旅途上，金蟬努力內外兼顧。結婚匆匆三個月過去了，她發現自己懷孕了，害喜很嚴重，聞到食物的味道就想吐，同時她感覺永實好像很容易緊張，事情稍微不順便急，一急脾氣就來，脾氣一來就像任性的孩子，吵鬧不休。她以為他的情緒不穩，就像她的孕吐一樣，只是短暫現象，完全不以為意。可是，永實脾氣爆開來的速度，越來越令她措手不及。他發脾氣的理由很多，動不動就脫口說所有不順都是她害的，連筆記本找不到也要怪罪她……。又過了三個月，永實初次動手打她！風暴過後，他百般懺悔，再三保證日後一定不再發生。但是沒多久，戲碼再重演，而且老毛病重犯的間隔時間越來越短。

大兒子健翔在預產期之前的一個月，迫不及待向人間報到。滿月之後，她銷假上班的第一天，她完全不知道永實不開心，晚餐後她在陽台洗衣服，突然從客廳傳來寶寶淒厲的哭叫聲，和永實尖銳的嘶吼聲，她急忙放下衣物，邊跑邊將滿手泡沫往裙子上抹……寶寶怎麼啦？她邊問邊趨前準備要抱起嬰兒，卻被永實攔住了。他咆哮著說找不到一份隔日要與客戶簽約的資料，一定是她弄丟的……

「又來了，」她強作淡定地說：「怪別人比較快？」

「還辯？」

他揮出手，在她的左臉上重重地賞了一巴掌！她反射性地身子一歪，卻一頭撞到旁邊的桌角，只覺右眼眉梢及鬢角有些刺痛……。

孩子肺活量充沛，哭得驚天動地，她彎腰抱起來放在胸前，輕輕拍著他的背，同時雙腳左右移動、低聲呢喃著：「寶貝，乖，媽媽在這裡，乖……。」

孩子的嚎啕哭聲，變成斷斷續續的低泣，然後睡著了，純淨無知的臉上掛著淚珠帶著微笑。

她將孩子放進搖籃，走進盥洗室，鏡子前出現一張悽慘的臉——左臉頰上一片瘀青，右眼圈腫成紫色大包，右嘴角一條褐色血痕。她瞬間淚崩，任水龍頭的水流不停。

她終於走出盥洗室，永實畏縮的眼神與她四目交接，卻立即低頭避開了。他的神情，已經從激昂的戰鬥猛虎變成病貓。

那一夜，他沒有像往常一樣表示懺悔、也沒有固執地乞求她的原諒。隔日一早，他只說必須到外縣市出差兩天一夜，便出門去了。他走後，她帶著孩子離家出走，也沒去診所上班。他問遍周遭親友，大家都說不知道她的去向。兩個月之後，診所的醫師娘告訴她，永實因感冒變成了肺炎、肺積水，醫師發了病危通知書。大姊金姑對她說：「去看看他吧。總是夫妻一場，萬一他就這樣走了，妳會過意不去的。」

她去了醫院，看他瘦成皮包骨，不禁淚流不止，便留下來照顧他。於是他們夫妻間的故事從頭開始，循環著日日夜夜、陰晴圓缺，重複著不定時的風暴和雷雨，以及永實再三的懺悔。

日子就那樣過了一天又一天，一年又一年，他們的第二個小孩健達已經五歲了。有一天，永實比平常晚些回到家，她正在廚房裡忙著，孩子們幫他開門，高聲喊爸爸，但他只以低沉的清喉嚨聲音冷冷回應：「嗯，嗯！」

「嗯，嗯！？不就是他發脾氣之前都會發出的聲音嗎？」

結婚不久之後，金蟬就發現永實在發脾氣之前，有「嗯，嗯！」的習慣，就像運動場上裁判在比賽開始時必吹的哨音。她不由自主地打了一個冷顫，同時迅速將飯菜端上餐桌。

永實一向挑食，習慣拿筷子在盤子裡挑來選去。看他將一盤素炒菠菜都快翻爛了，才輕輕夾起一小片葉子送進嘴裡，她在心裡暗自嘀咕著，菜不就是菜？為什麼挑？但轉頭看見大兒子健翔豪氣地大口吃飯大口吃菜，小兒子健達胖嘟嘟的臉頰被食物塞得圓鼓鼓的，還不忘說媽媽煮的紅燒肉超級好吃，她忍不住嘴角揚起一絲微笑。

她挾起魚頭放進自己碗裡，努力吃著。

「剛才在路上碰到那個阿土……」永實打破沉默：「他一直誇讚你美麗又賢慧。」

「哦？」

她差點被魚刺鯁到，只輕輕應了一聲，又低頭繼續吃飯，同時眼前浮現永實的同事，一個來自鄉下的陽光男孩，診所的醫師娘曾經替他們牽紅線，但也許是無緣吧，兩人沒有修成正果。後來阿土成了藥廠老闆的東床快婿，家庭事業兩風光。

「大家都說妳很好，好像我不好？」

聽他冒出這樣一句話，先前忘記的警戒，自動飛回她的心頭上就位。她保持沉默。

「妳都不說話，看不起我啊？」

「唉！叫我說什麼呢？」

「妳人緣好啊？我就是不喜歡妳在外面意氣風發的樣子！」他的聲音突然高昂起來。

「這是在說什麼啊？」

她用力吞下口中的飯菜。

「哼！大家都說妳很聰明，妳怎麼不知道說這句話會激怒我？」

他將碗筷甩在餐桌上，碗裡剩下的湯汁飛濺在他的手背上。健翔踢了弟弟健達一下，低頭迅速將碗裡的飯菜吃光。兩兄弟顧不得最愛的馬鈴薯玉米濃湯還沒喝，匆匆進去房間關起門，很久都沒有出來。

她像每天一樣，默默將餐桌碗盤清理乾淨、清理廚房流理台……，最後拿起拖把正準備拖地板。

「不要做了，過來好好說清楚！」他高聲嚷著。

「有什麼事嗎？」

她彎腰拖地，將內心的不安壓抑在如面具一般平和的聲音中。

「妳這種態度又激怒我！」

他的音量讓她的肩膀不自覺震了一下，她抬起頭將拖把放一旁，故作輕鬆地說：

「我真的不覺得有什麼事啊！」

「什麼有事沒事？妳這什麼態度？」

他揮出一拳……她抱著頭閃躲……但永實像著魔一般，她躲無可躲。

風暴終於平息。她全身刺痛，徹夜哭泣，人累心也累。隔天一早，她到公立醫院拿了驗傷單，告上法院，訴求終止婚姻關係。她的內心並沒有做太多的掙扎，便依照他的要求，將共有的房子和存款全都給了他，孩子歸她撫養。

離婚兩年後，永實又結婚了；之後金蟬自己也陸續與幾位異性交往過，但都不了了之，她都沒有太在意。

她獨力撫養兩個孩子，還要付房租，除了診所的工作，兼顧服務人壽保險，每天忙得像陀螺打轉。她不自怨自艾，不留時間給寂寞，更不浪費心思去思索她認為空泛的存在意義、生命真理或是宇宙浩瀚的問題。她對外界人事物的認知，全憑習慣的直覺系統歸類，快刀斬亂麻處理每件事。任何得以休息的空檔，她讓身心分秒全然放空。她積極主動加入人群、與陌生人交談、與熟識的客人保持友善的關係、參與許多活動與聚會；同時感謝她的阿姨、姨丈、診所的醫師、醫師娘、病人及家屬大力支持，她很快成為人壽保險的超級業務員。診所的固定薪水，加上高額的壽險業績獎金，讓她迅速累積了一筆存款。有了第一桶金，她開始積極尋找用錢去賺錢的管道。買黃金、參加民間互助會、小額放款（借出十萬，一個月收取利息三千元）是她最常做的。但是風險總是存在一片樂觀中，漸漸地，互助會被倒、借出去的錢，賺了利息卻折了本金的事情經常發生。幸而那些挫折並沒有使她內心產生太多猶豫，她勇敢地埋頭用錢去賺錢。

讓金蟬大大受損的第一個案件——她成為鴻源案的債權人之一。

以投資公司名義成立的鴻源機構，藉由誘人的高利率，自一九八一年開始，吸集民間游資。一九八七年初，她偶然遇到一個多年不見的診所病人家屬，她本想推薦給她一種壽險產品，但對方說她沒有錢買保險，因為家裡所有資金都由先生投入鴻源機構。對方說，先生在一九八二借給鴻源三十萬，一開始每月有一萬八千的利息，後來家裡所有積蓄都陸續投入，雖然利率降低，但是什麼事都不必做，每月就有數十萬收入。對方所說的金額，讓她感覺有些暈眩。

「對不起，您是說每月幾十萬的收入？」

「是啊，只要投資一千萬，每月就有四十萬元利息收入。」

「四十萬？」她嚥下口水，嚴肅地說：「根據我們保險公司的會報，時下很多人從早忙到晚，一個月還賺不到兩萬元呢！」

「沒錯，賺錢不容易，但只要投資鴻源一百萬，每月就有四萬元利息。」

對方眉開眼笑地說著。

「噢！」

對方離開後，她轉身去銀行，毫不猶豫轉出一百萬投入鴻源。當天晚上睡覺前，她忍不住一再從抽屜裡，捧出那張看起來很像上市公司股票的借據欣賞。一年後，她再加碼一百萬。再過六個月，又標互助會湊足了一百萬再投入。

一九八八年十一月二十日，她萬分興奮，參加了鴻源集團在臺北中華體育館舉辦的周年慶「團結大會」，卻親眼目睹煙火燒毀了體育館頂棚，一股強烈的不安和恐懼，讓她顫抖不已。隔年七月，鴻源機構在連續三星期內發生四次擠兌風暴，一九九〇年四月正式結業。超過十六萬人賠光積蓄，涉及總金額多達新臺幣九百四十多億元。她當然不可能僥倖免於那場災難！

挨了鴻源沉重的一擊，金蟬就像決定離婚的前夕那樣，哭得渾身虛脫。哭過後，她發誓再也不會去碰像鴻源那樣的機構。但是三年後，她又跌了一跤，雖然看起來好像是不同的故事，但追逐高利的核心卻如出一轍。

自一九八〇年代後期開始，臺灣民眾只要能抽到一張未上市上櫃股票，等到該公司上市上櫃後，股價翻個五倍、十倍，是很常聽到的新聞。民眾無不認為那是天上掉下來的禮物，是一本萬利的保證，全民踴躍到券商開戶頭，爭取機會參與抽籤。金蟬當然也為自己和兩個兒子開了戶頭，參加過無數次抽籤，但是很多年下來，從來不曾抽中過。一九九二年初，她在社團活動中認識一位朋友，宣稱不必抽籤即可提前圈購某家知名公司未上市的股票，很多社友投入大筆金額認購，她也跟著投入三百萬，認購了三十張。她暗暗竊喜，心想只要股價能翻三倍，她就心滿意足了。但是在股款付清三個月之後，那個朋友再也不曾在社團出現，那家公司也一直沒有上市。她手上的三十張股條成了紀念狀。

這次她沒有哭，卻很無奈地自嘲：「我不玩股票，卻被股票玩！」

又一次損傷慘重，她決心專心診所的工作和壽險業務。轉眼間，她的大兒子健翔大學畢業了、服完兵役了、就業了……小兒子健達大學畢業了、在外島服兵役……大兒子結婚了、小兒子交女朋友了……。很多年過去了，孩子們都不需要她負擔了。其間除了被詐騙電話騙去五十萬之外，她沒有其他損失發生。她漸漸忘記了過去失財的痛。

那時候，因為服務客戶的保險應付款、理賠款項，她必須經常進出辦公室附近一家銀行，與理專變得很熟像老朋友，理專總是抓住機會推薦金融產品。她知道有一種金融衍生商品利潤極大，診所的客人和保險公司客戶也都有人買。二〇〇五年，在理專的遊說下，她買了五百萬雷曼兄弟連動債。二〇〇八年九月十五日雷曼兄弟宣布破產了，一場金融大海嘯重創全球。她的五百萬，後來贖回時，只剩下五十萬！

在一般受薪族月薪一萬多元的年代，金蟬光是從壽險業積的收入，每年就超過兩百萬。兄弟姊妹們都曾經極力勸她買個安定的住處，但她都說希望用錢去賺錢，不想被凍結在不動產上。超過二十年，她租屋而居。沒想到鴻源案、股條變成紀念狀、雷曼兄弟破產……，讓她努力經營人際關係、用錢去賺來的錢，全都成了泡影！

終於，她同意兄弟姊妹們說的「人只有兩隻腳，鈔票四隻腳跑得快。」她買了市中心一棟大樓裡，一間二十坪左右的套房，一個屬於她自己獨居的住所，設計師巧思規劃出廚房、衛浴間、更衣室及會客、閱讀共用的小客廳。兩個兒子都成家立業後，她獨自住在那裡。

二〇一二年歲末，她終於完全由診所和保險公司退休，但是朋友和老客戶邀約不斷，熱鬧的外在活動依然將她的日子塞得滿滿的。就像她的大姊金姑一樣，金蟬的臉上隨時都掛著笑容，個性隨和，很有親和力，她的生活一點都不孤寂。

二〇一六年四月，正值奈及利亞詐騙案和《巴拿馬文件》揭露的那幾天，她很巧都沒有外在邀約，難得有時間看電視。隨著媒體批判詐騙集團、指責權貴菁英的特權違法，她的思緒跟著千迴百轉，意外聯想起生命中過往的種種，將一路走來所有的不如意和失財受騙事件，全都召喚了出來。

她一邊看名嘴分析，一邊歇斯底里對著電視機謾罵、叫囂，將負面情緒一次爆開來。可惜電視機裡人人忙著各說各話，沒有人回應她的憤怒。拍啦！她將電視關了，嘀咕著：「風光的大人物善用關係、利用組織，騙大錢、行大惡！卑微的小人物騙小錢……」

當「卑微的小人物騙小錢」幾個字還在她的舌間時，她的思緒便已經跳躍到一個裝可憐的乞丐身上：

在她的住家附近，一條人來人往的通道旁，經常坐著一個年紀大約五十歲的行乞男，穿得破破爛爛的，看起來髒兮兮的，很像是手臂斷了、而且行動不便的樣子。她路過時經常將十元、五十元硬幣或是百元紙鈔放到他身前的紙盒裡。有一個週末，路過的人很多，她臨時心血來潮，想要看看到底有多少行人、是什麼樣年齡層，會投下他們的善款。出乎她的意料之外，她發現善心人士很多，而且年輕人比她預期的還多。同時她發現行乞男的收入，顯然遠比在附近商圈賣力表演的街頭藝人更高。

不久之後有一天傍晚，她獨自路過遠處的一座公園，放眼望去，只有稀稀落落幾個人。那時天色已經昏暗，她緩緩走著，突然身後一陣急促的腳步聲，讓她嚇了一大跳。當她的腦袋還在轉著是不是來了壞人時，她的左肩被重重撞了一下，她反射性地望向對方……耶？好面熟！她探索記憶……對了！不就是那個行乞男嗎？原來他不是殘障？他不但四肢健全，而且走路虎虎生風！而且他的打扮，可真體面啊……他吹著口哨，擦過她身旁快步往前走去，雙手提著的食物留下一陣讓她食指大動的香氣。

行乞男從帽子、衣褲到鞋襪，都是貨真價實的「耐吉」，讓金蟬聯想到一個全身精心打扮的騙徒：

那天，五月一日，勞動節。二姊金敏開的美髮中心休假，午後拉著她一起去故宮博物院。兩人只參觀了金敏百看不厭的古玉就出了故宮。那時，夕陽依然明亮，金敏提議先走一段路，稍後才搭公車回家。兩姊妹沿著馬路，邊走邊說邊開懷大笑，不覺已經來到林木茂盛的轉彎處，突然間空氣中飄來一個男人略帶遲疑的聲音：「小姐，小姐，請幫幫忙……」

她舉目四望，馬路上除了過往車輛，並沒有其他行人。她再次搜尋聲音來處，赫然發現身旁的大樹下，站著一位年紀大約五十多歲的男士：身高一七〇公分以上，金框眼鏡，五官不缺，髮油讓梳得整整齊齊的短髮閃閃發亮，成套嶄新的深藍色西裝，搭配白帥帥筆挺的襯衫、紅色斜紋領帶、亮晶晶的黑色皮鞋……她差點脫口稱讚：好帥！

「想請小姐借我一千元，我從高雄來這附近開會，不小心把公事包掉了，我一定寄還……」

她二話不說低頭打開手提包拉鍊，金敏卻用力捏了她一下，同時一字一字清晰地說：「這位先生，往前走兩分鐘，路邊就有很多店家，請你向店家借，還錢比較方便。」

那人慢慢往金敏所指的方向移步，臉上露出明顯的失望表情。

過了差不多兩分鐘，金敏望著他漸走漸遠，回頭在金嬋的肩上用力敲了一下，大聲說：「喂！小姐，妳錢多啊？難道妳沒有聽說過有人專門以這類手法行騙嗎？類似的假紳士騙錢故事，我店裡的好幾位客人都遇過！」

金蟬的思緒從裝可憐的行乞男，跳躍到裝紳士的騙徒，又跳躍到盜取網購公司資料的詐騙集團。她想起二〇一三年五月的某一個週三下午，那時候她正在上臉書看兒孫們的動態，房間角落沉寂已久的傳統電話機意外響起，她迅速拿起聽筒以愉快的聲音說：「嗨，我是ALICE。」

「你好，這裡是南北購物網，我是工作人員，」陌生女孩的聲音：「我找何金蟬小姐。」

「我就是，請問有事嗎？」

「何小姐兩天前是不是有購買我們公司的電器用品？」

「有啊，有問題嗎？」

「因為我們的電腦出了狀況，請問您收到貨了嗎？」

「剛剛去便利超商領取了。」

「喔，好，請問超商店員有沒有讓您簽寫一張單子？」

「有。」

「好，再見。」

「就這樣？」她還想問，但是話筒嗡嗡響。

隔日同一時間，她正想出門去和朋友喝咖啡聊是非，電話又響了。

「嗨，我是ALICE。」

「請問是何金蟬小姐嗎？」

「是的，我就是。請問哪位？」

「我是昨天打電話來的購物網工作人員。」

「喔！」她隨口問：「電腦的問題解決了嗎？」

「還沒，因為公司系統出了問題。我今天再打電話來，是要告訴你因為我們公司業務人員的疏失，便利超商店員給你簽的那張單子是錯誤的。你的訂購單刷卡被誤設定成連續十二期付款，若不馬上更正，你的信用卡將會被扣款十二次，你必須付十二倍的貨款。」

她心想，網購是比在住家附近的電器行買便宜些，但如果付十二倍的金額，那可就虧大了，便急急問：「那我怎麼辦？」

「別擔心，我教你上網取消連續十二期付款。」

她打開電腦，進入電話另外一端指示的網站、輸入了便利超商簽單號碼和信用卡號碼、敲下幾個指令……。她還等著進一步指示，對方卻說好了，這樣就可以了，並且叩的一聲將電話掛了。聽到話筒嗡嗡響，她的腦門突然閃過一絲奇怪的感覺，但她沒有多想，匆匆出門趕赴下午茶之約去了。

週五晨起，感覺頭昏，她推掉當天所有的邀約，難得留在家裡靜靜讀了報紙、又上臉書觀看兒孫們的動態。幾個鐘頭很快就過去了，她覺得肚子有點餓，便走進廚房洗了一把米，準備下鍋煮粥。這時候房間角落的電話響著。

「嗨，你好，我是ALICE。」

她提起精神對著話筒問好，同時抬頭看牆壁上的掛鐘顯示2：30。

「請何金蟬小姐聽電話。」

「我就是。請問哪位？」

「這裡是警政署，你的帳戶被詐騙集團盜用為洗錢帳戶，將遭凍結。我將電話轉接到地檢署檢察官，請他告訴你詳情。」

一個年輕男孩急促的聲音，換成另外一個略帶威嚴的男人的低沉聲音：「你因涉及洗錢防制法，所有的金融機構的帳戶將被凍結。你必須立刻把戶頭裡的錢轉存入警政署的帳戶做為保證金，不然你將在二十四小時內被通緝。」

她的心頭亂成一團，一句話也說不出口，卻聽到電話另一端又換回原先急促的聲音：「這是秘密，基於調查不公開，你不可以告訴任何人，也不可以去報警。」

「喔？」

一絲念頭閃過她的腦際：莫非那個自稱是網購公司工作人員的小姐，是詐騙集團的成員？

「喂！喂！你有沒有在聽？很緊急耶！必須今天立刻辦理，否則你就完全不能領錢！」

「快三點了，怎麼來得及？」她虛脫地問。

「所以要趕快啊！告訴我你的手機號碼，你馬上去最近的銀行，我在手機中告訴你怎麼處理轉帳的細節。」

年輕男孩催促著。

她抓著存摺、印鑑塞進手提包，急忙趕往住家樓下轉角處的銀行，抽的號碼牌顯示時間午後3：06。

因為忘了帶老花眼鏡，她將臉貼著桌面，以顫抖的聲音對著手機，一個數字、一個數字覆誦帳戶號碼，一邊填寫匯款單……。因為手抖得太厲害了，擔心寫得太慢超過3：30，她用眼角餘光瞄了櫃台一下，發現小姐正從容地對她微笑。

「阿姨有沒有帶雙證件？」櫃台的年輕女孩含笑問她。

她顫抖著雙手，從手提包中掏出身分證、健保卡。

「阿姨為什麼要匯款？」女孩轉動著清澈的眼珠，與她四目交接。

「臨時急用！」手機另外一端的男生吩咐著。

「阿姨，這裡的收款人帳號少了一個數字……阿姨，請你再重新填寫匯款單，不要急慢慢來，我進去請經理出來幫忙審核一下。」

「喂！喂！喂！電話怎麼斷了？帳號少了一個數字啊！」她氣急敗壞地對著手機大喊，但只有嗡、嗡……的回音。

「何小姐，恭喜你！」中年經理臉上堆滿微笑，邊走邊對她說：「這種詐騙事件很多。」

她吃驚地望著他，張開大口卻忘了該說什麼！

「一開始我就看出阿姨的神情不對，但沒有立即阻止，因為怕阿姨不相信，反而不好。」女孩輕聲解釋。

啊，啊，原來是精心策畫的騙局！她有如大夢初醒，亢奮地抱著女孩大笑大叫。

在一個鐘頭之間，歷經了極大恐懼和莫大興奮，超多的腎上腺素讓她走起路來輕飄飄。她感覺像飛一樣回到了單身套房，一口氣灌下一大杯冰開水，虛脫地把自己拋進沙發、閉上雙眼，怦怦心跳漸漸平息。好像只是休息了一下子，屋裡電話響著，她緩緩接起，同時望向牆上的鐘，已經指著五點整！

「嗨……」她有氣無力接起電話，忘了報上ALICE招牌。

「阿蟬啊？」

「是的……」

「阿蟬啊，妳知道我是誰吧？」

她想，沒錯，是有幾個親友喊她阿蟬；但是，她的記憶庫裡沒有一個尾音像那樣略帶昂揚，而且這時候她也沒有力氣再深想，她勉強對著話筒擠出一串習慣的笑聲。

「阿蟬一直笑，肯定是還沒有猜出我是誰吧？」

這時她覺得對方的聲音，很像某個夜間部高中同學，卻想不起她的姓名，只好再對著話筒擠出笑。

「我的聲音這麼可愛，妳還猜不出我是誰？」

她繼續笑。

「還沒猜出來？」

「嘿，小姐妳有多少年沒打電話給我了耶？」

「想跟妳玩，卻被妳玩了！」對方的聲音中沒有笑意。

「哈，哈……」這次她真是開心地笑，聽筒卻以一陣嗡嗡聲回應她。

「嘿！怎麼就掛了？我本來想說不要再玩猜猜我是誰的遊戲了，請直接報上您的尊姓大名來吧！而且我還想問，有何貴事呢？怎麼就掛了？」

奇怪！奇怪！好奇怪……莫非又是來騙的？

她喃喃自語。

此後，那個自稱聲音很可愛的女人，再也不曾打電話來。當然她也不曾想出來她是誰。

二〇一六年四月，金蟬難得留在家裡看電視的那幾天，她的思緒飛進時空旅行了一大圈。她一邊盯著電視聽報導，一邊自言自語謾罵天下騙徒，簡直就是潑婦罵街的模樣！正當她的混亂思緒接近失控的時候，以前她經常對前夫永實說的幾個字突然從她的舌尖射出來：

「怪別人比較快！」

「什麼？」

「怪別人比較快！」

空中好像有人在和她對話，她的心頭震了一下，腦袋轟轟響、耳朵嗡嗡叫。

過了好幾分鐘，她的思緒才又活了起來。生平第一次，她冷靜思索交錯的命運，思索為什麼有人說「性格就是命運」？思索如果過去的某些時刻能夠重新來過，她是否能夠有不同的做法，讓命運有所不同？她回想當初嫁給永實，以及一路打拚累積的儲蓄一次又一次失去，其實從來也沒有被誰掐著她的脖子，威脅她非做不可。她問自己，那決定的背後，是否恰恰如永實當年被失控的脾氣糾纏一樣？都源自於某種盲點？而那盲點，是否正是存在自我靈魂深處的最大騙局？她想起兄弟姊妹們都說，她雖然很聰明但是有些愚痴……。

「嘿，嘿！莫非正是被愚痴帶入迷霧之中？」她用力敲著自己的額頭、起身走進浴室，對著化妝鏡指著自己的鼻子苦笑，想了又想。

終於，她用冷水洗了一把臉、踏出浴室。生平第一次，她花時間為自己準備了一頓豐盛的晚餐，邊吃邊將多日紛亂的思緒，劃下句點。

地球發燒了

水旺，金姑的弟弟，在七兄弟姊妹中排行老么，也只有他在貧困的環境中，讀到大學畢業。他覺得自己能夠有機會多讀書，得感謝六位哥哥、姊姊的付出，同時他認為自己應該對父母負起更多的責任，因此他開始工作之後，薪水都交給父母，父母老年時的醫藥費、臨終送葬開銷，也全由他支付。結婚後，水旺與太太秀寬兩人攜手創立公司，從事國際貿易。草創初期，員工只有夫妻兩人，配備只有兩張辦公桌椅、一支電話、一台手動打字機。公司的外銷產品，由早期的罐頭食品、脫水蔬菜及水果，慢慢擴大到家用雜貨、電器產品、電子產品……。水旺與秀寬結婚時，兩袖清風，但他們夫妻同心協力，一步一腳印，業務逐步擴展到全世界數十個國家，員工由夫妻兩人，增加到海內外共四千多名（包含工廠生產線上的工人），除了臺北的營業總部之外，還有十個海外據點。他們夫妻是成功的企業家，而且待人處事謙和、平易近人。

他們的一雙兒女，分別住在英國、美國，負責當地業務。兩夫妻除了市區的住家之外，假日都住在郊區的農舍，那裡有庭院與一望無際的田園風光，他們經常邀請親友來度假。

那天，金姑及周遭親友們都去了農舍。農曆十二月中旬了，本來應該是寒風凜冽的時節，卻天氣溫暖、親情友情更溫暖，屋裡和戶外都暖呼呼的。世川與妻子陪著一雙兒女在院子四周認識花草。鴻展、怡安、勝發、明美、明智、月珠、來富、麗珍、仲坤、雪花，一群人在室內天南地北聊著。金姑與妹妹金敏、金蟬，在客廳一隅說話。阿吉、鐵柱、耀昌、耀勝在戶外，話題由公民運動跳躍到旅遊、電影、電玩、時代風潮，談得興高采烈。突然間，耀勝高分貝冒出一個問題，吸引了金姑的注意：

「各位，各位，手機遊戲《精靈寶可夢》曾經在全球掀起一股風潮，臺灣在二〇一六年八月上線，熱潮狂掃全臺。那時候從臺灣頭的基隆海邊、北投公園、信義商圈、大安森林公園、到新竹南寮漁港……蔓延到臺灣尾的高雄海邊，都成為抓寶聖地，連颱風天都有人冒險。我記得媒體報導最熱門的地點是北投公園，假日許多玩家蜂擁而至，車輛通行的馬路變成人行道，人潮猶如跨年一般擁擠。可是昨天下午我路過那裡，只看到幾個大叔、大嬸在抓寶。是不是『寶可夢』突然就不紅了呢？」耀勝大聲問。

「不就是一窩瘋嗎？賞味期過了自然就退燒了！」耀昌回答。

「商人為了行銷，拚命打廣告，媒體跟著努力報導。」阿吉說：「所有風行的熱潮通常都會隨著媒體曝光率、網路點閱率減少而降溫。」

「阿吉叔說的對。一旦媒體一窩蜂報導什麼新流行，或是什麼好吃的、好玩的，一般民眾又跟著努力在臉書、電話群組間好消息通報，很快大家都知道了，就好像那件事情越來越重要，親自去參與的慾望也鼓得越來越高！瘋抓寶、搶購衛生紙、假日風景區人車塞爆……都是一窩瘋。」世川說：「臺灣只不過兩千三百萬人口，今年的屏東燈會，前後共十三天，到第十二天就已經湧入超過一千萬賞燈人潮。還有一年重陽節，臺北市舉辦長青健行活動，原來預估一萬人參加的老人活動，結果卻來了近十萬人，不只健走現場擠爆，人潮一度擠到馬路上……說到底還是一窩瘋！」

「哈，說到一窩瘋，我這個盲人不能看熱鬧、也很少湊熱鬧，一聽到人潮、車潮，總覺得那是一種浮動的跟風現象，都是現代媒體、網路迅速傳播所帶來的結果。

我擔心這種現象不但拖累了人，也拖累了地球。」鐵柱吐了一下舌頭：「我這樣說，會不會被罵盲人說瞎話？」

「鐵柱叔叔說的沒錯啊！我每次遇到大塞車或是人擠人，都覺得很累。撇開濫墾、過度開發造成土石流的問題不說，有時候想想大地光是要在瞬間承載那麼多人潮和車潮，就不勝負荷了。是不是？」

「沒想到耀昌的想法和我很接近。」鐵柱說。

耀昌又接著說：「我常常覺得人拖累了地球！根據美國國家海洋暨大氣總署調查指出，全球異常高溫已經連續四百個月。科學家警告，大範圍熱浪很可能越來越強且日趨頻繁，熱死人的氣溫恐怕變成常態。」

「對，地球發燒了！」鐵柱附和：「近年來冷熱失常，節氣中的『立冬』高溫攝氏三十一、三十二度，『立春』卻寒流肆虐！春不春，冬不冬，時序不按牌理出牌，地球真的發燒了！」

「少年せ，你們講的那些，其實就是天不照甲子啊！」金蟬高聲說。

「嘿，阿姨的意思是，人無照天理啦！」阿吉呼應。

「哈，哈，被阿吉說對了！」

「地球發燒了、霸王寒流來了……」阿吉接著說：「隨便谷哥搜尋一下，就可以找到很多相關的報導。我記得是二〇一六年一月吧？最夯的就是『追雪』。網路瘋傳各地下雪的訊息及影片、照片。」

「對，那時候哥哥和我，都被同學們拉去陽明山賞雪，大夥兒都超興奮的。我有一位同學瘋到裸身趴在雪地上，說是要感受百年難得遇見的冷！他那被凍得縮成一團、顫抖不停的模樣，看起來超愚蠢也超好笑的！」耀勝說。

「好玩是好玩，但是一路大塞車，又冷又餓，好辛苦！」耀昌說。

「哈，你們這應該叫做歡喜做甘願受，怎麼能算辛苦？」鐵柱說：「以前我的家鄉每年都下雪，經常連下兩、三天，村莊內道路積著厚厚的雪，居民都縮在室內。」

「有沒有大批平地民眾瘋擁上山賞雪？」

「沒有！我猜大概因為那時候沒有媒體大力鼓吹，所以沒有遊客特地趕來賞雪。」

「噢？」

「鐵柱叔叔，下雪的時候很冷，你們家有暖氣？或是像電影裡面的壁爐？」

「哈，哈！原住民窮哈哈，家家戶戶住屋簡陋，哪來的暖氣？壁爐？」鐵柱大笑：「但是老天爺是公平的，我們家已經住了三代的房子，冬溫夏涼。那是沿著山壁往下挖，共四層，每層都很矮，寒冷的時候，在一樓燃燒材火，暖氣會飄升到其它樓層。」

「哦，天然的建材，天然的溫度調節器！」

「好棒噢！」

「談到下雪，鐵柱有一個親身經歷的故事，你們想不想聽？」阿吉問。

「當然要！叔叔，快講給我們聽！」

「好啊，」鐵柱說：「每年從九月開始到隔年三月，是我們的狩獵季節。狩獵時，通常我們會先埋下陷阱，每隔兩、三天去看看有沒有動物掉進去……」

「好酷噢！」耀勝大聲嚷。

「記得在我十六歲那年冬天，有一天我和大表哥一起去打獵，我們大約清晨四點出發，走了三個鐘頭左右，看到我設的某一個陷阱捕到一頭山羌，我們兩個都很高興，相約由表哥先提到平地去賣，然後回頭來小木屋與我會合一起回家……」

「那附近有一間小木屋，他們一起出獵的時候經常在那裡休息。」阿吉幫忙補充說明。

「因為鐵柱叔叔視力差走路比較慢，所以由表哥提到平地去賣？」耀昌問。

「是的……那日天氣原本還算不錯的，沒想到黃昏的時候卻開始飄雪，早該回來的表哥卻遲遲不見，山上天黑得快，五點就一片昏暗，雪又不停下著，山路遇濕就滑，我很擔心……」

「啊，怎麼辦？」耀昌急問。

「我只好留在木屋繼續等。等著，等著，竟然睡著了！朦朧中聽見一串喀喀的聲音，很像竹子滾落的聲音……」

「小木屋外的空地上，有一堆竹枝，全都已經去除葉子、切割整齊、井然有序地堆疊著。」阿吉又幫鐵柱補充說明。

「表哥回來了？他不小心碰到那堆竹子嗎？」

「不是……被吵醒後，我原本很高興表哥終於回來了，便急忙起身踏出小木屋喊表哥……但是，沒有看到表哥呀！而且竹枝也是整整齊齊躺在地上，沒有任何一枝掉到地上！」

「哪來的聲音？」耀昌和耀勝同聲問。

「不知道耶！那時候我只知道夜深了，感覺又冷又餓。」鐵柱輕笑著：「這種又冷又餓的情境，當然和你們追雪的時候，感受到的又冷又餓大不同吧？」

「啊！叔叔一定凍僵了？」

「沒錯，如果沒有被竹子倒堆的聲音吵醒，鐵柱可能在十六歲那年冬天變成冰凍人，早早走完他的一生了！」阿吉搶著幫鐵柱回答。

「可是竹子一枝也沒有滾落，不是嗎？」耀昌和耀勝兩兄弟很好奇。

「是啊。雪連續下了三天，天寒地凍，我孤獨地被困在深山的小木屋裡，什麼事也不能做，也沒有東西可吃，只能睡覺。神奇的是，一連三夜，睡得很沉的時候，我都被竹子倒堆的聲音吵醒！每次醒來都渾身冰冷！我趕快原地跑跑跳跳，努力讓身體暖和起來。後來，我常想，要是沒有被吵醒，我可能永遠沉睡下去了！」

「啊，有神靈保佑！」耀昌和耀勝同聲說。

「對，我相信真的有神靈。」鐵柱停頓了一會兒：「饑寒交迫過了三天三夜，第四天一早太陽終於露臉了！我離開了小木屋，直接到表哥家去，卻看到他喝得醉茫茫的，一邊啃著香噴噴的烤山羌、一邊搖頭唱山歌。」

「他沒有將山羌提下山去賣嗎？」

「沒有！提回家自己享用了！」

「甚麼爛表哥？」

「超級爛，完全不擔心表弟安危！」

「唉呀，朋友可以自己選，親戚是跟著父母來的，沒得挑哩！」阿吉說。

「聽說原住民愛喝酒，喝到爆肝，有時候醉了還要拿刀幹架，酒醒了只得勞師動眾讓長輩出面求和。」耀昌問。

「所以很多原住民壽命不長？」耀勝跟著問。

「唉，我那個表哥就是典型的愛喝酒、常鬧事，五十多歲就掛了！」鐵柱說。

「鐵柱叔叔，再講打獵的事給我們聽。」

「哈，哈，好的。關於打獵，我們部落以打獵維生，雖然我的眼睛不好，我也是從小學習打獵。早年打獵真是很不錯的收入呢。」鐵柱不急不徐地說道：「平地人喜歡吃山產，一隻山羌去頭、去掉內臟，可以賣到三千元。我們出獵的時候，通常五、六人一組，有時候運氣好，一組人一天可捕到六、七隻山羌。」

「七隻？二萬一？」耀昌和耀勝爭先發言：「每人一天可以分到三千元？那可是比當年一個大學畢業生，剛踏出社會時每月的起薪還高呢！哇……好高的收入喔！我們也去打獵！」

「呵，兩兄弟愛說笑！先不要說現在禁獵、禁止買賣野生動物，兩位可要知道打獵是超級辛苦的……可不是人人都受得了的呢！」阿吉笑著說。

「哦？」

「首先，當然不是每次出門都有收穫的。再者，獵人經常凌晨出發、回到家已經天黑了。每天走數十公里、來回十五、六小時是家常便飯。露宿山頭，兩、三天才回家也是稀鬆平常的事。」阿吉搶著說：「數十公里指的是，全程是山中人跡罕至、樹木雜草叢生、高低不平、崎嶇難行的路徑，可不是平坦的水泥道路呢！還有別忘了，獵人還要親自扛著好不容易捕獲的獵物下山喔！」

「我的媽呀！去程總得帶些吃的，回程得馱負獵物，翻山越嶺數十公里，光是聽，我就腿軟了！」耀勝驚呼。

「哈！哈！獵人可不是上班族，當然不可能朝九晚五，更不可能事少離家近，睡到自然醒吧？」鐵柱說：「其實路難走或是每天走十五、六小時，都是小事！最怕的是毒蛇猛獸防不勝防，或是有時候突然人不舒服。有一次，也是在冬天，我們清晨兩點多出發，走了大約六個小時之後，大家已經都有所獲，我也獵得一頭山豬，大夥兒高高興興開始踏上歸途，但我才剛走沒幾分鐘，突然整個左腳小腿肚糾結成一團硬梆梆的球，痛得眼淚直流，但還是得緊跟著大家趕路。那天我忍痛走了將近八小時，終於才回到家，放下獵物休息。雖然已經過了幾十年，現在每次再想起那次小腿抽筋，感覺疼痛彷彿又穿越時空來攻擊我！」

「深山裡潛藏著很多危險，落單是很危險的，要命就必須忍受疼痛。」阿吉看鐵柱彎下腰揉著小腿肚，又幫他說明。

鐵柱接著說：「比較近的山裡動物都已經被獵捕光了，想要得到獵物就必須開闢新的路徑、越走越遠越進入深山。宜蘭與花蓮峰峰相連，我們曾經從宜蘭走到花蓮後山，在那裡可以聽到花蓮用炸藥開採大理石礦的爆裂聲。」

「哇，宜蘭、花蓮翻山越嶺來回？真是挑戰體能極限，好辛苦！」耀勝說。

「除了體力，也要有智力與動物和自然界潛藏的各種危險搏鬥。」阿吉說。

「對了，鐵柱叔叔，你們會不會因為追捕一隻獵物，從一個山頭越過另一個山頭，誤闖另外一個部落？」耀昌問。

「當然有。不過，如果獵物跑進另一個村落，我們必須先經過當地村民同意，才可以繼續追趕，因為那是他們的地盤。各個部落必須互相尊重，大家都有一口飯吃才好。」

「嗯，世人都應該互相尊重。」

「叔叔，以前山羌不是保育動物嗎？怎麼可以獵捕？」

「宜蘭山區保育動物禁止獵捕的法令，是在陳定南縣長任內才開始執行的。」阿吉說：「因為大地萬物都該有休養生息的時候。」

「說到禁獵，最近媒體上不是說臺灣獼猴、山羌、白鼻心，自保育類動物除名嗎？」耀勝問。

「對，林務局考量野生族群分布和數量趨勢，調整保護等級。」鐵柱說。

「野生動物受到保育，會不會因為繁殖太快而面臨食物短缺的問題？」耀昌問。

「沒錯，動物繁殖很快，經過二、三十年『禁獵』之後，現在野生動物的數量簡直比家戶飼養的雞還多！我家位在村落最裡面靠近森林邊緣，經常有山豬、飛鼠跑來敲門。山上的草都被吃得光禿禿的，連竹筍、南瓜、地瓜都吃。」

「對某個時刻有利的法令、政策，過了一些時候，可能變成有害。」阿吉說：「人類預想的規劃，往往趕不上真實環境的自然變化，所以政府必須順應大趨勢，適時調整政令。」

「可是調整政策或法令，一開始的時候經常讓有些人不習慣、無法接受。」鐵柱說：「就像當年一開始禁獵的時候，我常想，靠山吃山靠海吃海，海上的魚蝦可以任漁民捕捉，為什麼山上居民不能獵捕？」

「現在也是經常聽到漁民出海捕不到魚啊。」耀昌說。

「無限獵捕，動物會滅絕的。我現在能了解當年實施禁獵的必要，也贊同現在調整保護等級，讓某些繁殖快的動物解禁。」

「叔叔，當年禁獵之後，你們在山上靠什麼生活？」耀昌問。

「剛開始我們還是偶爾會偷偷獵捕一些動物當家裡的食物，只是不敢公然提下山去賣。後來是有計畫地栽培農作物、香菇、種高山蔬菜。」

「農業開發取代狩獵，生活比較沒有那麼辛苦了吧？」

「耕作解決了翻山越嶺的辛苦，但也帶來很多新的問題吧？」耀勝問。

「那是必然的吧。因為整地耕作、開路運輸，大片森林遭到砍伐，生態系統和水土保持都遭到破壞。」阿吉說。

「除了生態和水土保持的問題，對於我所認識的原住民，最直接的問題是『農藥』。大家都知道，『不噴灑農藥，蔬菜、水果被蟲吃掉。』香菇、高麗菜、大白菜，都要經常打藥。人越勤勞，吸進毒氣越多，蟲不見了，人也掛得早！平地人買的獵物都是去頭、去內臟。原住民打獵回來本來就夠累了，卻不好好休息，還要大口喝酒、配上普林很高的動物內臟……。過度疲勞、酒、內臟，還有後來的農藥，都是原住民爆肝的主要原因。」鐵柱說。

「機器人＋AI人工智慧，已經成為推動全球第四次工業革命的主角了，如果未來用機器人耕作、噴灑農藥，應該會比較好吧？」耀勝說。

「機器人能夠幫助人類減少直接暴露在危險中，但是大地萬物自有一套生存的常規，不管科技如何進步，人類各種開發的作為，若是違反大自然法則、破壞了大自然的環境，上天同樣也會有回應，最後受害的還是人類。」阿吉說：「例如山坡地濫墾濫伐，大雨過後造成土石流傷及民眾的生命、財產，就是個很明顯的例子……。」

當阿吉肅穆地說著人類應該尊敬大自然時，突然聽到一串甜美稚嫩的聲音：「鐵柱叔公，您剛才說打獵的故事很好聽，還有，叔公說您的家鄉以前每年下雪，現在還下雪嗎？我們可以去你家賞雪嗎？」

問話的是世川的女兒。她的眼神清澈專注地望著鐵柱。

「啊，啊，我的家鄉大約在一九九〇年代之後就很少下雪了。」

「為什麼？是不是跟『地球暖化』有關係？」好幾個聲音同時發問。

「我也不懂。不過，我聽收音機報導《聯合國氣候會議》，讓世界各國共同應對吧？」

氣候變化，我想不下雪了、或是霸王寒流突然來襲，應該都是跟『地球暖化』有關係

說到地球暖化，阿吉、鐵柱、耀昌、耀勝將話題拉到科技、環保、土地濫墾破壞水土保持……。金蟬、怡安、雪花、明美、麗珍、世川、杜紅都加入了談話陣容，大夥兒熱烈討論著開發土地的巨大利潤，都跑到富人手中，然後黑心油、毒澱粉、毒奶粉……黑心錢也被扯了進來。而那時候，金姑的心裡不停地想著：「海健康、山健康，人類的生存環境就健康。」

過了許久。

怡安說：「從十八世紀的工業革命開始，到電力使用，到電腦進入工廠和辦公室，到今天全球科技進步神速，由數位機器人和人工智慧與自動化取代人力、鄉村人口大量往都市集中，人類享受著一連串讓物質生活更輕鬆、更方便的進步，但似乎不是每個人都活得意氣風發、愜意舒適。你們覺得呢？」

「我同事說，生活在擁擠都市的現代人很辛苦！」杜紅說。

「我同意。」明美說：「暫且不去管都市因為人口多，房子越蓋越多，排水系統

不夠，以至於遇雨便淹水之類的問題，我最受不了的是噪音！四面八方工程敲、打、鑽，汽車、機車轟隆隆，還有左鄰右舍夜間惱人的關門聲、腳步聲……，都讓白天必須上班討生活的市井小民痛苦。」

「唉，地球發燒了，都市也是發燒中！」耀昌說。

「呦，呦，所謂的文明和進步，當然還有很大的進步空間啊！」鐵柱回應。

「現在的世界變化快到令人目眩神迷，我最擔心的是未來失業的問題。都說機器人將取代真人，導致很多行業將消失！」耀勝說。

「發燒？失業？都不必太擔心吧？」金蟬笑著說：「過去許多劃時代的改變，也曾經引起預言和恐慌，人們曾經擔心以汽車代步之後，人類的雙腿會萎縮；但經過了一百多年，有了汽車、飛機、火車、機車和捷運，我們還是能走路，不是嗎？」

「有了汽車和飛機，人還是要靠雙腳走很多路；有了機器人，我們還是得靠雙手做很多事；有了電腦和人工智慧，我們的大腦還是得思考。」月珠說：「不管是什麼高科技產品，都是由人類創造出來的；人畢竟擁有科技產品做不到的優勢，要不然鐵柱早就失業了！」

「是啊，車到山頭必有路，船到橋頭自然直！全看每個人如何調整自己的心態，和培養面對環境的能耐！今天我們的東主，不就是在貧困中，一步一腳印打拚出來的天下嗎？」鐵柱笑嘻嘻地說：「哈，哈，我又不自量力說大話了！」

哈！哈！哈！哈……

瞬間，阿吉、耀昌、耀勝跟著鐵柱笑聲洋溢。金蟬笑呵呵對金姑和金敏說：「姊，看到他們，我感覺自己彷彿也充滿活力！」

網路無疆界

有一個週六早上，金姑剛走到菜市場門口，賣水果的進步與太太曼玲就迫不及待對她說：「金姑姊早，你知道運財有個讀大學二年級的寶貝孫兒吧？昨天晚上發生車禍了！」

「啊？嚴重嗎？」

「樹德住他們家隔壁，昨天晚上一聽到消息就去醫院幫忙。他說那孩子雖然暫時沒有生命危險，但傷到脊椎及雙腿嚴重骨折，還在加護病房觀察是否有腦震盪……運財和麗琴一直守著。」

「啊？怎麼會發生這種事？」

「他的同學說，昨天剛考完期中考，五、六個同學相約一起逛街，一路嘻嘻哈哈，過馬路時，他還低頭滑著手機，結果在內側車道被一輛疾駛而來的轎車撞上，整個人彈飛距離地面大約一輛車的高度，在空中翻轉一圈後又摔到另一輛車頂……」

「運財和麗琴的獨生子在孫兒三歲時就因騎機車出事，媳婦早已改嫁了，那個孫子是兩老唯一的寶貝，現在他們一定擔心得不得了。」

「是啊！真是……」

「祈求老天爺慈悲，保佑孩子能夠好起來。」

當金姑、進步、曼玲三人，正在一起幫運財和麗琴祈求上天保佑他們的孫子時，隔壁菜攤前的客人離開了，細妹立即走向金姑說：「邊走邊講電話、滑手機上網，實在太危險了。」

「車輛那麼多，過馬路怎麼可以不專心？怪不得有人說高智能手機造就了低智能的人類！」賣菜的文通接著太太說：「事實上，低頭族可能成為意外的隱性殺手，危險行人恐怕比危險駕駛還要可怕。自己不怕死，卻會連累無辜的司機，還有不相關的路人，都身不由己連環受害！真是罪過啊！」

「雖然車輛應先禮讓行人，但行人也應注意自己的安全，而且有義務快速通過不影響車流通過。」進步說。

「唉，就算不為自己著想，也該為家人想想！」曼玲說。

一群人繼續說著不能邊走邊滑手機……，金姑心裡為運財和麗琴萬分著急。她只買了水果和青菜，便匆匆離開，趕去了醫院。

縮在加護病房外守候孫子的運財和麗琴，兩人彷彿在一夜之間變成了氣若游絲的糟老頭、老太婆。幾天之前還在跟著「共享」高聲歌唱、搖擺，宣稱自己是樂活老人的神采，完全無影無蹤！

麗琴抱著金姑泣不成聲，運財在一旁鼻涕、眼淚流不停，有氣無力地說：「金姑姊啊！孫子萬一有個三長兩短，我們兩個老人也活不下去了！」

金姑陪著他們哀戚，說不出任何安慰的話語。

孫子的生命保住了，沒有腦震盪、視神經沒有受傷、五臟六腑沒有破裂。漸漸地，整體上沒有大礙了，他在醫院住了兩個月之後，終於回家了。醫師囑咐必須再靜養幾個月，同學幫他辦了休學。運財、麗琴終於撐過了痛苦和絕望，老夫妻經常互相扶持，到附近各廟宇祭拜，感謝老天垂憐、眾神明保佑。

之後，金姑常常想到表弟鴻展和小叔明智都說，年輕世代生活在網路上，而她自己覺得老年人更是少不了網路；年輕時沒有互動的朋友，老來在電話群組裡往來卻很熱絡。上網，像一股洪水，讓人很難遁逃，已經變成很多人生活習慣的一部份。她周遭的攤商沒事就埋進臉書、音頻、視頻、賴。他們人手握著時尚的「蘋果愛瘋」，都說是兒女買來孝敬的。

有一天，金姑一走進市場就聽見賣雞肉的樹德在高聲說話：「沒有智慧型手機，無法與時代接軌。」

水蓮迅速回說：「甚麼軌不鬼？又不是什麼大人物或是做什麼大事業，有什麼大事非得要趕著一邊走路一邊講電話嗎？報紙上說全球七十多億人口，有二十億臉書用戶！大家沒事拚命做面子，又互相賴來賴去勾勾纏……其實很多人表面上看起來聯絡緊密，卻很疏離！我特別不習慣看到大家在婚喪喜慶時低頭緊盯著手機螢幕，似乎完全忘了身邊親友真實的存在！」

「哈，哈，這就是時尚啊！在網路上熱絡問好，見面了卻各自低頭和網路玩。」國棟笑著說：「最近我跟孫子學很多，他還很耐心教我英文字，說什麼平民化、普遍化、私人化、現代化、電子化、自主化的『自媒』。人人都可以隨時隨地在自己的媒體上想寫就寫，想說就說。這樣一來，怎麼可能不在網路上花時間？」

「國棟好強，還在學英語！」樹德讚嘆。

「啊，哈，大家不用互相褒獎了！我知道樹德英語也是很強，還有大慶、文通、榮欽都有學英文。」

「你們都懂英語，好臭屁！」水蓮大聲說：「但是我要說網路社交讓人感覺很虛擬！這個時代，連錢都可以虛擬，虛擬金控、網路銀行、虛擬的貨幣，現實與虛擬的世界糾纏不清。我最擔心的是，很多年輕人沉迷在虛擬的網路世界，睡不夠，運動不夠，把身體和眼睛都搞壞了，生活也砸了。鄭捷在捷運上砍人的時候，如果乘客中少幾個低頭族，情況就不至於那麼嚴重！」

大家一陣靜默。

「這麼安靜？是認同水蓮的說法嗎？或者是家家都有讓人心煩意亂的網路沉迷

族？」一向沉默的榮欽難得開口說：「我們靠勞力做一點小生意，網路原是跟我們不相干，但我們還是天天上網，被數位科技玩得很忙！以前上臉書，覺得好忙，後來有『賴』，更忙了。我前幾天在報紙上讀到一則報導說臺灣有二千三百萬人口，就有二千一百萬『賴』的用戶！」

「哈，哈，那是有的人不只申請一個帳號啦。不過，用戶還真多，反正再忙也要上網和朋友哈啦啊。報紙上不是說，以前益者三友是友直、友諒、友多聞，現在的益友是有讀、有回、有按讚！」

「互相關心的親戚朋友，見個面或是拿起電話來聊聊，彼此感受聲音的抑揚頓挫、語氣中的喜怒哀樂，不是更好嗎？」

「可是有些東西透過網路傳輸，又快速又清楚，真是宅急便。」

「我們要活到老學到老，要善加利用網路的方便，但是不要受它支配。」

「事物的好壞，要看我們怎麼應用。」

聽到眾人一陣七嘴八舌，都說要享有方便，也得忍受有所不便……之類的，金姑不禁回想起媳婦雪花曾經對她說：「媽，攤商們雖然大多沒上過學校，但是都靠自學識字。現在販夫走卒和博士碩士一樣，大家都能夠從媒體上不斷吸收新知識。他們雖然只是生活在落滿塵埃的社會角落裡的卑微市井小民，但是有些人也是知識淵博，能夠看清世事，洞徹現實世界的真實面貌，正確回應各種處境，適切地生活著，他們對生活的態度令人萌生深切的敬意。」

當金姑正想著媳婦對攤商的誇讚時，耳際突然傳來賣南北貨的俊雄高聲叫嚷。

俊雄擺出電視上學來的架式，唱作俱佳，當旁聽的人笑哈哈的時候，他卻說：「全球已開發國家，已經有八成人口使用網路。『網購』已經將很多傳統生意打趴了。現在兒孫們的日用品、皮鞋、西裝都從網路購買。恐怕在不久的未來，連新鮮的魚、肉、蔬菜、水果也都宅配了！我們能不退休嗎？」

「退休？告老還鄉嗎？」賣雞肉的樹德接腔。

「唉，回不去了，不管山村、漁村或農村都回不去了。」賣滷味的大慶插話。

水蓮搶著說：「有什麼好回不去呢？以前大家為了生活拚命往都市擠，現在都市居大不易，報紙上不是說有些博士、碩士回流到鄉下當農夫嗎？」

「有人說現今最有前途的行業就是農夫，還說未來二十年全世界最高產值是農業呢。」

「也是，民以食為天，全世界都需要靠農業吃飯。」

「但是受過高等教育的知識份子，願意在豔陽下打拚流汗的，畢竟是少數吧？而且讀了那麼多書去當農夫，是不是太浪費人才？」

「有學問的人當農夫，一定有不同的經營理念和策略，也不能說浪費。」

「再怎麼說，都不可能回到農業時代了，回不去了！」

大慶正說著，一位站在金姑身旁的老先生，突然以濃濃的四川腔高聲說：「唉，唉，是回不去了！對我們這種少小離家老大想回去的人來說，最怕的是故鄉人事已非，父母不在了，也沒有了容身之處啊！但是話說回來，其實早就將這裡當第二故鄉了。」

可能是「家鄉」兩個字觸動了眾人的情懷，現場陷入靜默，而打破沉默的竟然是難得在話局中發言的金姑。她說：「啊，剛才大家在說『網購』，我的姪女在五分埔商圈的服飾店關門了，我媳婦說，主要是因為受『網購』影響。」

「說到五分埔，我親眼看著它蛻變。我在附近的銀行上班，那裡的很多攤商都是認識數十年的老客戶，從他們早年苦哈哈向銀行打躬作揖爭取小額貸款，到後來看著他們銀行存款尾數有好幾個零，真是不可同日而語！」

說話的是一個剛來到不久的男顧客。他已經年近八十，屆齡由銀行退休後經常來買菜，攤商們都喊他「經理伯」。

「每一個小區域的發展或沒落，其實都受到大時代環境的影響。同樣的，每一個小區域的發展或沒落，也反映了時代的共同現象。五分埔半個世紀以來的發展史，就如同臺灣從貧困不分日夜工作，走向富裕的經濟發展歷程。在六〇年代，很多中南部的民眾北上謀生，有些人群聚於五分埔，將外銷成衣餘下的零碎或滯銷布料，簡單加工接綴成內衣褲、童裝或粗製的工作服，供路邊攤及零售店販賣，逐漸打響五分埔的名號。七〇年代後，由於臺北東區逐漸繁榮、松山車站轉運機能增加，再加上政府觀光夜市的規劃，成衣批發業興起。八〇年代隨著內銷市場擴大及直銷比率增加，製造商與批發商大量進駐，發展成製造批發合一的型態。九〇年代臺灣工資上漲，製造業者逐漸退出，轉為單純批發、零售商圈，業者也開始從香港、泰國、韓國、新加坡等地區進口廉價服飾；因為款式眾多、剪裁流行，不少年輕族群前來血拼，假日逛街採買的年輕男女擠得水泄不通；狹窄的巷弄內，商家密集，房租大漲，店面售價翻了又翻又再翻。可是到了二〇〇〇年代，隨著消費型態的轉變，五分埔逐漸沒落，不少業者紛紛吃不消關店，熱鬧情形一年不如一年。」經理伯繼續說：「五分埔早年由鄉下出來的老一輩，人人克勤克儉，拿住家兼店面，打拚了大半生。後來體力衰了、視力也差了，幸好早已累積了足夠的儲蓄，而且那狹小的起家厝曾經很多年像金雞母一樣為他們賺進豐厚的租金。只可惜如今繁華落盡、風光不再！」

「成衣、玩具、書籍、日用品之類的東西，在家裡開電腦，或是隨時隨地由手機上網訂購，然後在住家附近的便利商店付款取貨，真是太方便了。」俊雄說：「便利超商所提供的服務無所不在，還有『送貨到府才收款』的宅配物流也是非常便捷。」

「我孫子說他喜歡從網路上買東西，特別是書籍、衣物，因為沒有被翻閱過、被試穿過，感覺比較乾淨，而且網路商店折扣比較多。」

「現在連餐飲業都掀起了『外賣革命』，傳統家庭烹飪的大部份餐點都可以上網訂購外送。報紙上說，為了降低房價，未來房屋設計傾向犧牲廚房的空間，甚至於廚房可能消失！」

「網購是不可逆轉的世界潮流，再加上具有休閒功能的一站式大型購物中心吸引，」大慶接腔：「還有外食、外送推波助瀾，我們的飯碗也快要沒了。」

「歲月流逝，萬象變化快速，人口結構改變，生活習慣改變，我們跟不上潮流了。」

大家嘀咕著、姍姍散去。

天增歲月人增壽

有一天早上，晨間樂齡活動結束後，金姑繼續在公園逗留十多分鐘與鄰居談話，當她到菜市場時，攤商們都聚在魚攤前，熱烈地討論著中美貿易大戰、日韓貿易大戰，說什麼國仇家恨、科技霸權爭奪戰……。金姑佇足聽了一下子便離開了。在回家的途中，意外碰到一個住在隔壁巷弄的老顧客柯太太。對方本來無精打采低頭徐徐走著，偶然抬起頭看到金姑，便三步併作兩步趕到她面前，抓住她的雙手熱烈招呼：「老闆娘，好久沒吃到妳煮的麵了，好想念！」

「啊，歡迎隨時來我家，請妳吃啊！」金姑笑著：「最近都沒有看到妳和柯先生，我以為你們搬到別墅去住了呢！」

「還是住在這裡，住別墅生活不方便。」

「哦！」

「老柯膝蓋痛，已經好幾個月不太能走路了。說到他，我就一肚子委屈！兒女們都工作忙，無法幫忙照顧他，都說要雇外傭，但老柯硬是不肯答應，非得要困住我這個老女人……老柯以前在公家機關職位高，手下一群人對他唯唯諾諾，退休後愛管人的脾氣不改，而且越來越頑固難搞了！對我這個已經侍候他數十年的八十歲老太婆，他不但不感激，還整天嫌東嫌西。妳知道嗎？他哪裡也不肯去，每天將胖嘟嘟的身軀拋進椅子裡，挺起圓凸凸的大肚子，兩隻腳抬起來放在桌子上，手握電視遙控器，轉來轉去都是政論節目。如果他看他的，那我也沒話說，偏偏他喜歡將音量調很高，還不時在一旁高聲發表憤世嫉俗的評論，我不想聽都得聽！他不睡覺的時候，除了兩隻眼睛盯著電視好幾個鐘頭、發表評論之外，剩餘精力好像都拿來盯住我，幫我量身訂製了一個框框，想要將我調教成框內的完人！無論我做什麼事、怎麼做事，他全部都管，連和好朋友講電話的用字，他也可以批評兼指教一番。他好像完全忘了，結婚後我並沒有靠他養啊！我也是曾經在職場上，拿過漂亮成績單的！重聽、行動不便、脾氣又臭又硬、不懂得體恤別人……和他生活在一起，每天都像在吵架一樣！兒女回來，帶他出去吃飯，高興時會說些像人說的話……但是，兒女畢竟久久才回家探望一次呀！今天我出來幫他拿藥，很幸運都不必等，又碰到老闆娘妳願意聽我訴苦……」

柯太太一口氣說不停，金姑完全沒有機會插嘴。她終於說完先生，卻又眼神閃著亮光開始說起兒子在「美國」，在一家高科技公司擔任主管，與老闆平起平坐……媳婦花新臺幣六百多萬去買一條「蒂芬妮」項鍊……女兒在「美國」一家大銀行當經理……留在臺灣當「大學教授」的兒子，要帶他的太太和還在讀「臺灣大學」的獨生子，出國旅行一個月……。

那些故事金姑已經聽過幾次，知道柯太太的兒女子孫都很優秀、生活過得很好。

柯太太吞了一下口水，話語停了下來，眼神依然閃著亮光。金姑正想要開口說再見，但是才剛移動腳步，雙手卻被緊緊拉住。

柯太太移動身軀擋在金姑前方，開始了新話題。足足一個鐘頭過去了。金姑開始強烈感覺到腰痠、腿痠，連顏面神經都僵了！突然她看見以前開雜貨舖的張太太走過來，便揮手招呼。

柯太太吞了一下口水，三步併作兩步趨前走向張太太，熱切地說起話來。金姑略帶歉意地望了她們一眼，揮揮手，離開了。

回到家，她將自己癱在床上，閉上雙眼，休息了很久很久。終於，她緩緩起身去廚房泡了一杯熱茶、回到客廳，拿起手機，低頭瀏覽親朋好友們傳來的賴。訊息實在太多了，她正想隨意滑過去，突然間畫面閃過一個標題吸引了她的注意：

……一百零二歲的老爸要送七十五歲的兒子進養老院……

柯太太的話語還在腦海縈繞，又看到那個標題，金姑彷彿被針刺到，思緒跳躍到弟媳秋香娘家經營的「安養中心」，裡面兩百張病床，病人個個眼神空洞、排排躺。還有，不遠處的大公園裡，經常看到五、六個外傭擠在一起吱吱喳喳歡樂歌唱，旁邊一排輪椅族歪著頭、面無表情……。再接著，她的腦海畫面出現一個與她年齡相近的陌生姊妹。

有一天，她獨自沿著附近的騎樓走道步行，無意間看到一個二十多歲的年輕人，攙扶著一位年歲與她相近的老婦人，在她的前面緩緩走著。她正想擦身走到他們的前面去，但突然聽見那年輕人說：「奶奶！妳的腳可不可以不要一直抖？妳只要把它踩下去不就好了嗎？」

哦？原來前面兩個店家之間，有個落差大約三十公分的階梯，那老姊妹舉起一隻腳要踏上階梯，那隻腳卻懸著不停地顫抖著，遲遲沒能落到階梯上！她聽得出來那男孩很努力想將音量放柔，但他還是沒能完全關住口氣中的不耐煩。她很想對男孩說：「憨孫ㄝ，你的奶奶不是故意要讓腳一直抖的……」但是她將話放回心裡頭。

那個老姊妹懸著一隻腳顫抖的畫面，在金姑的腦海停留很久，也讓她想到好幾個七、八十歲的街坊老鄰居。他們大多是退休族，快樂享受了一陣子天天星期天的夢幻時光之後，彷彿在突然間變得茫茫然，每天等待著晨曦和夕陽，走路的時候總是低著頭，輕輕、輕輕、慢慢、慢慢地跨出一小步、再一小步，像是在進行著某種嚴肅的儀式，又像是怕踩到地上的螞蟻，更像是突然忘記是否該舉起後面的腳，踩在另外一隻腳的前面。他們總是抱怨身體不對勁，到醫院掛病號等了老半天終於輪到了，醫師診斷的病因是「退化了」。

想到老鄰居，金姑就會想到程教授：最近幾個月經常在菜市場碰到的顧客，年紀大約七十歲左右，剛由大學教職退休。金姑想著教授說過的話：「在古希臘羅馬時代，五、六十歲的人走在街上，可能會引人側目，但是現在八、九十歲的人滿街都是！二戰之後的嬰兒潮現在變成老人潮了⋯⋯。」

在遇見柯太太的隔日，金姑一踏進菜市場時，就看見程教授。賣雞肉的樹德、賣豆類製品的福生、賣滷味的大慶圍著她談話。她很驚喜，便直接朝他們走過去。她邊走邊聽見樹德在說：「教授，您覺不覺得現代孩子真是沒大沒小？我家高齡九十三歲的老爸抱怨說他雙腿無力不能走出去．每天只能呆在家裡等吃飯、等洗澡、等睡覺。我孫子竟然笑著對他說：『阿祖啊，那您現在就叫做三等老人，可不是下流老人喲！』接下去我兒子在一旁替他的兒子幫腔解釋說：『阿公，日本出版了一本書叫做《下流老人》，說日本有近半數的退休老人處於孤獨、貧困的情況，引起廣大迴響，『下流老人』成為流行語。但阿公您安啦，您不愁吃、不愁穿，更不孤獨！』接下去我老爸竟然丹田有力地回說：『哈，哈，我身體力行我女兒說的斷捨離，吃穿用都簡單至極，當然不會有貧困的問題！』真是的……」

「啊？樹德老爸也知道斷、捨、離？我家老妹常說這個話題，提倡簡單生活。」福生說。

「我家老妹也是常說！她還說知足常樂，生活簡單零負擔！」樹德說：「妹妹命好，晚生幾年，有機會繼續讀書，她成績優秀讀臺大畢業，在外商公司上班工作順利，我爸媽一講到這個女兒都嘴笑目笑！」

「樹德的兒孫和老爸互逗開心啊，真幸福！」程教授說：「老人家開明！」

「樹德有眼光，早年存錢買地自己蓋樓房，父母和他們夫妻住一樓，兩個兒子、兩個女兒四家人，分別各住二、三、四、五樓。嫂夫人春華孝順又勤勞，每天除了幫樹德做生意，還為一家大小二十幾口人準備三餐、做便當。他們的都市住家雖然沒有老家三合院寬敞，但一家四代每天熱熱鬧鬧，老人家一點都不寂寞呀！」大慶接著說。

「哇，好讓人羨慕！」程教授對樹德豎起大拇指。

「沒有啦……嗯，我想請問教授，報紙上說臺灣在一九九三年就已經是高齡化社會，是嗎？」樹德問。

程教授還沒開口，福生便搶著說：「今天早上我正好看到報導說，臺灣自一九四五年開始，每年新生兒數屢創新高，至一九五〇年代中期，年新生嬰兒數一度上達四十萬以上。但是預估二〇一九年新生兒卻不足十七萬，而且二〇一九年上半年的出生人數比死亡人數少！」

「我聽讀大學的孫兒說，二〇一八學年度大學指定考試報名人數，和十年前相較，少了將近一半。」大慶接著說。

「啊，你們對人口數字都這麼清楚？真是太厲害了。」程教授說：「世界人口總數，在二十世紀由十六億增加到六十一億，現在全世界有數十億人口，年齡結構在六、七十歲之間。根據聯合國對社會人口結構的定義，六十五歲以上占總人口比率到達百分之七，就屬於『高齡化』社會，而臺灣在二〇一八年，六十五歲以上人口已經占百分之十四。」

「嬰兒潮變成老人潮了！」福生感嘆。

「我最近讀一本書叫《大歷史：從宇宙大霹靂到今天的人類世界》，裡面提到：

在一九〇〇年代，全球人類的平均壽命在三十歲上下徘迴，和羅馬帝國時期每一位普通公民的二十二歲相去不遠，到二〇〇〇年躍升到六十七歲。」程教授說。

福生說：「以前生活環境差、食物缺乏、醫學不發達，嬰兒夭折率很高，再加上鬥毆、戰爭造成傷亡，因此平均壽命很短；後來隨著醫療進步、食品安全重視、生活品質提高，以及養生與運動風氣盛行，人活得越來越久。報紙上說臺灣在二〇一七年，平均壽命已經超過八十歲了！」

「對，未來人類的平均壽命可能高到我們無法想像。」水蓮突然冒出來高聲說：「昨天晚上我媳婦說，在網路上看到有華裔科學家研究神藥，在未來五年之內，人類的壽命將延長到一百五十歲！」

「喔，真的嗎？如果能夠活那麼久，可以做好多事噢！」大慶和福生異口同聲說。

「可以做好多事嗎？怕只怕後來的人生，大半時間什麼事都不想做，或是想做但是做不來！」水蓮說：「大家看看我們身邊那些六、七十歲的人，有很多人整天嫌無聊，如果活到一百多歲，那麼剩下來的後半生比前半生還要長，不知道會不會因為活得不耐煩而性情大變？會不會往後數十年的時間，都在唉聲嘆氣、怨天尤人中度過？

或是為了填補空虛，盲目地跟著媒體嗡嗡轉？」

「哎呀，水蓮未免說得太可怕了吧？那些問題，應該會有聰明人想出辦法來解決的！我們這些小市民，先來想想我們自己的問題吧！」大慶說：「我們這一代的人，出生貧困，一路走來都非常努力為生活打拚、孝順長輩、照顧兒孫，總不希望老來變成國家、社會、家庭的負擔吧？」

「嗯，水蓮和大慶都提出了好問題，值得好好思考。我們確實是應該想想，未來怎麼應用活著的時間。」程教授在嚴肅中半開玩笑說：「時間總不是拿來殺的，也不是拿來等待上天召見，更不能讓軀體被綑綁在病床上、讓呼吸器代替我們呼吸、讓鼻胃管替我們吃東西！」

「程教授您說的也是很可怕啊！人活著，如果自立、自理都做不到，那就慘了！天增歲月人增壽．人越來越長壽，但是如果長壽的結果變成長照，麻煩可大了！」福生說。

大家沉思。

程教授打破靜默說：「關於自立、自理，臺大外文系劉毓秀教授，在一九九六年去北歐參訪，發現臺灣老人平均臥病時間超過七年，但北歐老人卻只有兩個星期。她說，北歐人盡量讓老人自己買菜、購物、洗衣、煮飯、上銀行……。老人是可以訓練的。」

「喔？我們傳統的觀念是：不必勞動，叫做好命；親長有事，子孫服其勞，叫做孝順。」福生說：「所以，我們有必要改變勞動的觀念了？」

「對！要活就要動！不是只有運動，也要家務勞動！暫且不管我們在未來的歲月還能為別人做出什麼貢獻，至少要先努力讓自己不要一人老拖累全家倒。」程教授語帶詼諧高聲說：「記住噢，年輕時不拖累生你的人，年老時不拖累你生的人。」

「唉呀，看來我必須先學習洗衣、煮飯，免得萬一活得比老婆久，結果什麼事都要依賴孫兒，那就麻煩大了！」大慶笑哈哈。

「啊，不是只有你要學習，我們都要要努力學習做好『老人』這件事！我們教會的長老在佈道時說：『我們的外體雖然一天天毀壞，但是我們要讓內心一天新似一天。』不管是不是基督徒，這都是值得我們學習的。生理健康的事，或許可以依賴進步的醫療體系，但是心理健康只能靠我們自己。讓我們一起加油囉！」

程教授一邊朗聲說著，一邊邁開腳步離去。攤商們繼續彼此打趣了好一會兒，才意猶未盡走回各自的攤位。

隔天早晨，在社區公園運動過後，金姑照樣去菜市場。到了入口處，她發現水果攤是空的，便朝守候在菜攤前的文通問道：「今天進步與曼玲沒有出來做生意啊？」

「他們夫妻和女兒、女婿一起出國旅遊十天，女婿招待的。」

「一把年紀了還有體力旅遊，女兒、女婿又孝順，真是好福氣噢！」

文通的太太細妹原本在魚攤前徘徊，聽到金姑的聲音，立即舉頭對她微笑，同時向自家菜攤走回來。金姑迎著細妹望向魚攤，看到靠牆的一排椅子座無虛席，賣豬肉的榮欽、秀桃夫婦與賣魚的水蓮都站在排排坐的老太太面前低聲說話。

「那邊今天的氣氛好像不太一樣呢？」她問細妹：「不是一向都說說笑笑嗎？」

「有一個客人一個禮拜沒來，剛才聽她的鄰居說她過世了。」細妹才剛開口，秀桃就搶著說：「鄰居發覺她家很多天都沒人進出，好幾次前去敲門，但都沒有回應，昨天請了管區警察破門而入，門一開便一股惡臭撲鼻……那個九十歲的老母親躺在床上奄奄一息，而女兒在自己的房間已經斷氣好幾天了！」

「哦？」

「他們家有兄弟姊妹共六人，那個女兒因為沒有結婚，父母一直與她同住。她現年六十歲，本來在一家成衣工廠當會計，十五年前工廠外移到大陸，同時間母親正好中風，她便留在家裡專心照顧。」細妹接著說：「後來連父親也病了，兄弟姊妹合力請了一個外傭幫忙。父親病了兩年剛過世，大家便決定將傭人辭了。沒想到才過沒多久竟發生這樣的事！」

「這位客人我們都認識她，聽到她的不幸，感覺好難過。」水蓮也來到金姑身旁發聲：「不知道老母親是否知道女兒走了？」

「唉，還是不知道比較好，免得心痛，反正也無法表達。」

榮欽低聲說著，像平常一樣臉上帶著憨厚的微笑，靦腆地望著大家。金姑輕輕嘆了一口氣。一向很有見解的水蓮也跟著嘆了一口氣，但隨即說：「常聽到家庭中最乖巧的子女，因為照顧久病的長輩而忘記怎麼笑。那個女兒在整整十五年間，除了買菜和陪老人家進出醫院之外，哪裡都不能去，現在中風的老母親還在呼吸，她卻先走了！」

當眾人議論紛紛，說著關於家有長期病人的問題時，秀桃突然高聲說：「大家認為子女都應盡對父母的義務，我小姑卻為了不讓女兒的人生被鎖在那樣的義務上，自己付出很大的代價。」

「說到我小妹的事……更讓人心酸！」榮欽接著說：「妹婿包著紙尿褲、靠鼻胃管灌食、繼續呼吸已經十五年了，還不知道要再躺多久！前些年，看到親人，他會流淚，現在連女兒站在他面前，也沒有表情了……我擔心妹妹被困在無奈的生活中那麼久，會不會走得比她的先生早！」

「小姑的先生做生意，每年去大陸出差幾次。數年之後，她無意間聽到別人說先生在對岸有了新家和小孩。當她問他的時候，他坦承他犯了全天下男人都會犯的錯，還說不放棄任何一方，希望她接受兩岸和平共存！」

「無恥！」水蓮憤憤插嘴。

「是很可惡！後來雙方達成離婚協議，但是很不幸在完成手續的前幾天，妹婿在一次應酬中突然腦溢血，急救後雖然能夠繼續呼吸，但是無法吞嚥，四肢也不能動！他無法簽字，身分證上妹妹依然是他的太太。」榮欽感嘆地說：「妹妹從小聰明、懂事、功課好，雖然我們家那時候很窮，但還是供她讀到大學畢業。大家都以為她應該比較好命，卻沒想到她過得最苦！」

「當年知道先生有了另外一個家，小姑哭得肝腸寸斷，但哭過之後咬緊牙關決定成全他去逍遙，本以為從此兩人之間緣盡情了，誰知道他偏偏以那種方式留了下來？」

「那時候小妹剛滿五十歲，身體健康，工作穩定。一開始她也曾經閃過不理他的念頭，但是想到如果她不理他，那麼全部的重擔將落在女兒身上，女兒的人生豈不是一片灰暗？她轉念決定為了女兒挑起照顧他的擔子。」

「他們有一個獨生女，那年剛大學畢業去美國讀碩士，聽到父親病倒，立即飛回來，但是小姑堅持女兒回去完成學業、繼續向前走。」

「妹妹一路堅持讓女兒安心繼續讀書、放心去結婚，過正常的人生。她雇用一個菲籍女傭幫忙看護先生，自己繼續上班。」

「小姑在人群中從不唉聲嘆氣，而且還能關心別人、以自己的不幸當例子安慰別人。」

「母愛的力量好強大！」金姑忍不住讚嘆。

「除了母愛之外，榮欽的妹妹必定寬容大度。」水蓮說：「那個劈腿的臭男人病倒之後，他的新寵小三逃得遠遠的，連來探望他一次都不肯，她卻願意長期照顧他！實在太了不起了！換作是我，才不要理他呢！管他去死！」

「對，親友們都說小姑是個不平凡的女性。」秀桃說：「她曾經說，看著一個曾經何等意氣風發的大男人，變成像植物一樣動也不能動，原本對他的怨恨，都一點一滴消失了，兩人之間的恩怨情仇，這一生無從計較了！她也很會替傭人著想，十多年來，她雇用過的外傭，都是在法定期限已經到了才依依不捨離開。她們都說：『老闆娘人很好，她很照顧我們、鼓勵我們找到自己的興趣，有空的時候多聽音樂、唱歌、讀書、學烹飪、做運動……』」

「妹妹說一個女孩遠離親人到了異地他鄉，每天面對四面牆、陪伴著一個眼睛骨碌碌卻無法溝通的植物人，實在很令人心疼。」

聽榮欽和秀桃說妹妹的故事，眾人的內心都很感動、也很心酸。大家片刻靜默之後，水蓮悠悠地說：「報紙上說臺灣目前失能人口將近八十萬人，政府規劃斥資五十億推動住宿式長照設施。其實『長照』兩個字不但花錢，而且總是讓我想到躺著不能動！所以傅達仁先生呼籲『安樂死』合法，我個人很贊同。」

「但是要通過『安樂死』立法，可能不容易吧？」榮欽問。

「那種事讓有學問的和當官的人，去想辦法吧！」水蓮快人快語：「講白一點，人到後來就是應該求一個好死！我覺得未來的醫師不但要醫生，更要能醫『好死』！」

水蓮說的話，讓攤商們個個若有所思，大家默默向自己的攤位走去，金姑也離開了市場，在踽踽獨行回家的路上，一邊想著：「天增歲月人增壽，但是人在增長壽命的同時，如果只剩下一個像植物一樣動彈不得的軀體，那可真是慘！慘！慘！」

柯太太、嬰兒潮變成老人潮、懸著一隻腳顫抖的老姊妹、照顧久病母親的女兒、榮欽的妹妹、一百零二歲的老爸、七十五歲的兒子等等，都讓金姑很惶恐。就像之前被買水果的青年震動一般，她深深被生死問題撼動，一連數日都陷入如何「做好老人」的思考中！

外籍新娘

金姑的大弟金旺、二弟木旺，由山村外移，與從小被領養的三弟西田住在同一座農村。那裡家戶世代務農，直到一九九〇年之後，村莊內開始陸續開了幾家出口加工廠，很多村民不再只是單純的從事農業，有些人全職進入工廠工作、有些人在農忙之餘到工廠打工；年輕世代，不再日出而作日落而息，於是早餐店、麵攤應運而生。另外，農村人口結構也起了大變化，外勞日日可見，很多外籍配偶家庭誕生。

金旺的家坐落於出口加工廠附近，每天有很多人經過他家門前，太太秀蕊動起腦筋，在前廊屋簷下擺桌椅賣早餐。別人的早餐店都賣三明治、饅頭、肉包、豆漿，只有秀蕊賣熱騰騰的米粉湯、豆腐和豬腸，結果不但路過的人光顧，連村莊內的家戶也經常來捧場。秀蕊的早餐店生意興隆，大家稱呼她「米粉嫂」。

金旺與秀蕊育有一對兒女，女兒香玲排行老大，從小聰明伶俐而且愛讀書，一路讀到博士畢業，家人從來不必為她掛心。兒子阿國，雖然沒有姊姊聰明，但也是個中規中矩的好孩子。鄰居們都說金旺與秀蕊好福氣，有一對好兒女。

阿國高職畢業，服完兵役後在附近一家生產螺絲釘的工廠跑業務，經常要出差各縣市去拜訪客戶。他到臺北出差時，都住大姑姑金姑家。有一個濕冷的冬夜十點多，阿國下公車往昏暗的巷道走去，看到前面有一個穿白衣黑裙、背著書包的女學生，淋著雨徐徐走著，他快步跟上去想要幫她遮雨，女學生卻拔腿狂奔，一路跑進金姑家的那棟公寓的樓梯間才停下來。

那名女學生叫美惠，她的雙親帶著三個兒女，租了金姑家對面鄰居加蓋的閣樓。那個美惠以為被色狼跟蹤的雨夜，是她與阿國的初相遇。她當時白天在貿易公司打工，下班後讀高職夜間部二年級。那年阿國二十五歲，父母希望早日抱孫子，但他悠悠等了她五年。

美惠的父親是四川人，二十歲那年離鄉背井，跟著國民政府來臺灣，做了一輩子軍人，最高職位是士官長；母親是本省人，幫人洗衣打掃，養兒育女。在美惠與阿國訂親的當天，她的母親對米粉嫂說：「美惠的爸爸只顧自己吃喝玩樂，不顧家。阿國是個好孩子，美惠比我命好。」

秀蕊待人親切，尤其是在早餐店，不但東西好吃，而且妙語如珠，讓客人賓至如歸，偏偏她不給媳婦美惠好臉色，不是嫌她不會講臺灣話，就是嫌她不會做菜，又說她是好命的都市大小姐，不懂鄉下人的勞苦。她對美惠的酸言酸語，有時候連旁人聽起來都覺得刺耳。

阿國結婚將滿一年，美惠剖腹生下一個男嬰，母子平安，在家坐月子休息。秀蕊為她準備吃的、用的，樣樣不缺，但每次進兒媳的房間，都不忘嘀咕媳婦命好有人侍候，雙腳踏出門檻，便將厚厚的木門重重地關上。

好幾次那「碰」的一聲，驚得酣睡中的嬰兒大聲哭鬧，美惠只得忍著被深深劃上一刀的肚腹之痛，抱起小孩安撫。

彌月之後沒多久，有一天，美惠什麼話都沒說、什麼東西也沒帶，回娘家去了，任憑金旺陪著阿國追去臺北再三懇求，她堅決無條件離婚。她哭著說，坐月子期間，躺在床上閉上眼睛，腦海不時浮現婆婆一副冷峻的面容，耳朵灌滿她的冷言冷語，讓她覺得自己被「凍住」了，想到要繼續留在那裡生活下去，就無法呼吸！

米粉嫂對於媳婦美惠的堅持離去，不發一語，旁人完全使不上力。眼看阿國與美惠復合的機率渺茫，不久之後便開始有媒人上門為阿國說親。但對象多半是寡婦或是離異的少婦，而且都有小孩，金旺都不中意。直到阿國三十六歲那年，米粉嫂一再催他再娶，阿國索性跟著仲介前去越南相親。他見過數十位候選者，從中挑了一個十八歲姑娘阮氏媖，兩個禮拜之後便將她帶回臺灣。他說看到她有種彷彿曾經在那裡看過的感覺。那次阿國去海外相親、娶親，連同旅費、仲介費、聘金，總共花費將近四十萬。

新娘子眼睛大大的，但笑的時候像美惠一樣閉著眼睛。她也是只會講一點點臺灣話，不會做臺灣菜。米粉嫂喊她英花，取代她的本名阮氏媖，對她和顏悅色，耐心教她在早餐店幫忙上菜、收拾餐桌、洗碗筷，吩咐阿國時間到就立即去為太太辦健保。

英花每天跟在米粉嫂身邊，一臉燦爛的微笑，甜甜地喊著「媽！媽……」。米粉嫂說她是個「甜心媳婦」，與她有說有笑，完全不在意她有時候也會摸魚偷懶。

英花來到臺灣，過了十個月便順利產下一個可愛的女兒，米粉嫂更是笑逐顏開。

轉眼間，美惠生的兒子從幼稚園升上了國小，英花生的女兒也已經開始學走路，米粉嫂開始將早餐店收的現金，交給英花拿去郵局存。又過了兩年，英花可以辦臺灣身分證了，米粉嫂讓阿國立刻去辦理。

英花入門四年多了，米粉嫂在市區以阿國的名義訂了一家店面，預備將來給他們夫妻做生意。有一天，早餐店生意特別好，忙完之後已經快中午，米粉嫂將存摺、印鑑都交給英花，叫她去提款支付購屋尾款。她自己午休後去田裡摘絲瓜、青菜，還特別繞道去買了英花最愛吃的進口櫻桃和她愛喝的咖啡。

「媳婦，甜心媳婦……」米粉嫂像平常一樣，回到家門前一邊停放機車、一邊親切地喊著。怎麼沒有回應？她走進屋內，看見牆上掛鐘指著三點。她心想媳婦可能去郵局順便逛逛商店，應該也快回來了。正在看電視的孫子對她說：「阿嬤，好想吃乖乖。都被妹妹吃完了，她吃飽跑去睡覺了。」

「好，好，阿嬤等一下就去買。」

她將罐裝咖啡放進冰箱，又將櫻桃洗好、放進冰箱，然後打開櫥櫃抽屜……奇怪了，怎麼連一個銅板也沒有？這個抽屜，不是隨時都有一、兩千元零用金嗎？她暗自嘀咕著……好，沒關係，機車上的包包裡面有錢……。

她一邊發動機車，一邊高聲對孫兒說：「阿嬤去買乖乖，等一下媽媽回來，跟她說冰箱有櫻桃，還有冰咖啡。」

「媽媽已經回來過，但是又出去了，還提著大皮箱，有一台計程車來載她。」

一聽到計程車和大皮箱，她二話不說跳下機車，衝向阿國的房間。啊！啊？床邊的大旅行箱不見了！衣櫃敞開著！只見吊桿上僅剩阿國的西裝和幾件襯衫，在微風中搖晃著！

米粉嫂廢然跌坐地上，眼前一片烏黑，腦袋像要爆炸似的轟轟響！庭院裡的機車還在噗噗響……。

她扶著阿國房間的門框奮力站起來，跌跌撞撞走到自己的房間，彎下腰往床底下探望，又衝出去走廊拿了掃帚往床底下使力掃，彷彿那裡有一窩死老鼠。

「床底下怎麼都空空的？那一包金子呢？那一包現金呢？」她歇斯底里吶喊著，

跌跌撞撞往外衝，用力跨上機車往外駛去。

她衝進郵局，迫不及待高聲問：「我媳婦有沒有來領錢？」

「有啊，已經離開超過兩個小時了。她說婆婆要在上次買的店面旁邊再加買一戶，這次要一次付清，有優惠，所以一併領走兩張定存單和活期存款全部的餘額。」櫃台服務員說：「她常常來存款，我們很熟，大家都知道阿姨您在附近買了很值錢的店面……」

服務員的話還沒說完，米粉嫂就破口大罵，接著失聲慟哭，身邊一群郵局員工和顧客陪她唉聲嘆氣。過了許久，一個郵局員工將她送回家。她失魂落魄癱坐在屋簷下，任微風吹動她的髮梢和衣角。薄暮時分金旺才從田裡收工回來，她對著他放聲大哭，用沙啞的聲音嚷著：「娶到壞媳婦，糟蹋人啊！她怎麼有辦法連定存都提光？這麼久以來乖巧都是騙人的？……」

甜心媳婦將米粉嫂的郵局存款、藏在床底下的黃金和民間互助會的尾款二十萬現金，甚至連廚房櫥櫃的日常零用金、銅板，全都洗得光光的消息，很快在村莊傳開來，大家紛紛前來表示關心。住同一村莊的木旺夫妻、西田夫妻最先趕到。

「莫非打從一開始就充滿心計來行騙的？」木旺說。

「大哥和大嫂對她像女兒一樣疼惜，她一點都不珍惜嗎？」西田的太太秋香說。

「她帶走的是一大筆財富，為娘家買土地蓋洋房嗎？」木旺的太太說。

「才二十多歲，說不定回去之後還會找新目標下手？」有一個鄰居說。

「太沒有天良了吧？」好幾位鄰居同聲說。

鄰居們議論紛紛，米粉嫂彷彿一句話也沒有聽進去，她專注地望著地上成群結隊的螞蟻正在搬運著米粉碎屑。很長很長一段時間，英花的名字，像捕獸的陷阱一樣，緊緊咬住她的心。

儘管越南媳婦英花留下了讓金姑家族痛心的記憶，同時媒體上也經常報導整個臺灣社會所發生的許許多多不同版本的、令人極不愉快的外配家庭故事，後來金姑的二弟木旺、三弟西田、兒子伯宗，還是陸續迎娶了外籍媳婦。

伯宗的兒子世川，服務的公司與杜紅服務的臺越貿易公司，在同一棟大樓，他們交往了兩年才結婚。木旺的兒子賢齊，被調派去上海工作，娶了大陸姑娘陳艷。西田在村莊內開了小型代工廠，大兒子飛揚與工廠內一個來自印尼的女工瑪娃蒂互相看對眼。木旺、西田、伯宗的兒子，都不是一般人刻版印象中，有缺陷的羅漢腳，也不是老伴走了想要續絃的鰥夫，也不是離婚後想要再婚的弱勢男子，他們的太太更不是一般在仲介的穿針引線之下，透過相親或是家長收受一筆聘金後，即懵懵懂懂飄揚過海成親的女子。

有一次兄弟姊妹們都在西田家聚會，水旺說：「根據統計資料顯示：到二〇一七年，臺灣外籍配偶已超過五十三萬人，下一代則有約四十萬人。專家估計，在二〇三五年後，光是臺越混血人口，就不比目前的客家族群少。」

西田說：「說到下一代，我們村莊的國民小學，全校人口總數（包括校長、教職員、學生、工友）共四十八人，在四十名學生中，就有十九個是由外籍配偶所生的『新臺灣之子』。這附近的其他七所國民小學，全校『新臺灣之子』學生總數對全校人口總數，分別為28：97 26：67 16：69 13：75 17：95 26：118 36：126」

金蟬在一旁，悠悠地回應說：「不管臺配、外配，每一對伴侶都有追求幸福的權利。」

金姑深深地望著妹妹金蟬，心疼她遭遇家暴的丈夫、當了單親媽媽，但她對婚姻和家庭，並沒有抱著全然負面的批判。而更讓她感動的是，西田的太太秋香說：「我在飛揚、賢齊、世川的家庭中，看見了愛與希望！」

不久之後，金姑在報紙上讀到這樣的一則新聞：

四十一歲的越南新住民李氏，十八年前嫁來臺灣，沒想到夫家的日子過得比她越南娘家還苦，但她不離不棄，照顧老小，一手撐起一個家。李氏孝行受到鄉里讚揚，獲選全國孝行獎……。

阿吉，回來！

二〇一三年底，金姑從工作上退下來了。她記得那年的八月七日那天，外孫耀昌和耀勝休假，到店裡幫忙，他們對伯宗說：「感謝舅舅這些年來幫忙照顧我們，明天是爸爸節，一個小禮物代表我們兄弟的心意。同時我們兄弟現在都有穩定的工作了，希望以後能讓外婆好好休息……。」

那天午後的陽光熾烈，每條巷道都像蒸籠一樣冒著濛濛的蒸氣，小吃店生意異常冷清，伯宗和兩個外孫都要她回家休息。他們的孝心，她欣然接受了。當她回到住家樓下低頭在包包裡找鑰匙時，突然聽見阿吉和妻子迎真在喊她。

「阿姨，阿姨！」迎真帶著鈴鐺一般的歡笑聲喊著。

「剛才看到您在我們前面，我們就追著來了！」阿吉輕笑著。

「啊，好高興看到你們！」

進了客廳，金姑說：「今天好熱，流一身汗。阿吉去幫忙開冷氣……迎真來這邊坐……我先進去換件上衣。」

她進去房間換了一身舒適的短袖短褲休閒套裝，又去廚房拿了玻璃杯和開水。當她走到客廳時，看見阿吉和迎真專注地盯著電視，畫面上正在播放剛上任沒幾天的國防部長辭職的消息，背景是凱達格蘭大道上，密密麻麻穿著白色上衣的人群。

「媒體播報相關的訊息連續幾天了。」她一邊說著。

「阿姨，那天晚上我們也在群眾裡。」

「喔？」她凝視阿吉：「莫非那件事還在你的心頭？」

「阿姨，都已經過了那麼久，當年肉體的痛早已無影無蹤，我原以為心靈的傷也消失了，這幾天才發現它在心底深處留下不可磨滅的印記。」

「阿姨，我們倆都是生平第一次參加街頭運動，」迎真輕柔地說：「看到那位媽媽在檯上泣不成聲，阿吉也跟著哭得像個小孩子。」

「那種毫無克制的大哭，對我來說是生平第一次，應該也是最後一次。那天哭得真是痛快，哭過後內心感覺無比輕鬆。」

「阿姨，您有沒有覺得男人有時候會讓自己活得很辛苦？他們總是將不愉快壓抑在心裡，更不輕易在外人面前流露感情。」

「嗯，很慶幸阿吉能夠遇到一個這麼懂他的好太太。」

「謝謝阿姨。」迎真說：「我常想如果阿吉當年在軍中過不了關，除了外島上增加一縷沒有死亡真相的冤魂、帶給父母親永生的悲痛之外，其實對外人來說一切船過水無痕。」

「嗯，迎真說的對。」

「感謝阿姨當年在我當兵前諄諄叮嚀，要我記得媽媽等著我平安回來。服役期間遭遇未婚妻兵變、同袍霸凌而能夠浴火重生，讓我更珍惜生命。我知道一個人能夠活著、為愛我們的人好好活著，是一件多麼幸福的事。」

「啊，母親十月懷胎不容易，父母將孩子撫養長大也是不容易。活著本身就是一件神聖的大事，每個人既然出生了都該好好活著。」

金姑、阿吉、迎真繼續談著白衫軍運動，戶外突然下起超大的雷陣雨。三人同時停下說話，彷彿都在專注地聽著嘩啦啦的雨聲……。靜默的瞬間，思緒都從阿吉呱呱落地，穿越他的快樂童年、苦澀少年、水火錘鍊般的兵役期，在往日時空飄了一大圈，再回到健康快樂的當下。

阿吉與金姑的關係，源自於他的母親春美，與金姑的弟弟西田，擁有共同的養父母。

西田出生時，母親出血太多，差點失去性命，鄰人說他們母子相剋，建議最好將孩子過繼給別人。那時候正好在山村西方的一座農村，有一戶姓柯的人家，想要領養孩子，於是在熟人引介下，西田成為柯家的孩子，柯家父母將他視同親生骨肉。

隔年春天，山村萬生嬸生第七個女兒時難產過世，萬生叔家原已經有六個女兒，他在傷心之餘，心想家裡又多一口嗷嗷待哺的孩子跟著吃苦，便主動將女兒送給柯家當童養媳。柯家將她取名春美，將她捧在手掌心疼惜。

西田與春美都是柯家的寶貝兒女。在那個年代，童養媳變成媳婦是很自然的事，大家原本以為西田與春美長大會結成連理；但是，有個與西田同齡的鄰居清水，從小就喜歡春美，柯家父母開明，讓他們結婚了。他們婚後生了兩個兒子一個女兒，阿吉便是春美的二兒子。在阿吉的心目中，西田和金姑都是他的親愛家人。

阿吉，全名鄭吉祥，出生於一九六九年仲夏，在一棟坐落於臺南市區近郊二層樓的素樸小洋房裡，庭院的四周有高高的榕樹圍繞，角落種著蔬菜與花草，還有雞鴨自由奔跑。他呱呱落地的那日午後，傾盆大雨下了大約半個鐘頭，洗去了炎暑酷熱，一望無際的天空變得湛藍純淨，掛著水珠的綠葉在太陽的光輝下閃閃發亮，不知名的鳥兒在樹上唱著不知名的歌。在那混雜著花香、草香的小庭院裡，他在地上學爬、學走路、與雞鴨互相追逐，與成群的鄰居孩童嬉戲、爬樹，健康快樂地長大。五歲之前，他幾乎沒有離開過家，但他自覺像榕樹上的小鳥一樣自由、快樂無比、幸福洋溢。七歲，他背起書包上學了，與同學們快樂相處，在上學與玩樂間悠遊自在。少年阿吉生活豐富、日日滿足。

阿吉的父親，鄭清水，承祖先庇蔭，田產不少；但是，他的父母不識字也不重視教育。他的三位兄長、兩位姊姊都未上學受教育，只有他讀了小學畢業。

清水對務農沒興趣，小學畢業後便離開家鄉，到臺南一家服飾店學習當店員。他服完兵役後與春美成親，帶著她到臺南買了住屋，夫妻同心協力一起在市中心的夜市，擺攤賣服裝：男裝、女裝和童裝，生意不錯，很快便累積了一筆小財富。

一九八〇年，市長規劃臺南市藍圖，將熱鬧的市集遷移到重劃區。市集搬遷之後，由於位處偏遠，好幾個月都沒有客人上門，攤商們紛紛轉往別處尋找生路，清水也將攤位收了。當他正在思考下一步要怎麼走的時候，朋友邀他一起經營成衣外銷。他從十多歲便與成衣結緣，認識了一些製衣廠，而且那時候臺灣外貿興旺，成衣輸出是熱門行業，他毫不遲疑，答應入股。他滿懷雄心鬥志，將積蓄全部投入新成立的貿易公司。由於出資最多，所以董事長職位由他擔任。

公司於一九八一年十月登記註冊正式成立，十二月便有了訂單，一九八二年底帳面上已經賺進半個資本額。合夥的同伴們個個眉開眼笑、員工埋頭報價、拚命接單。

有一個美國客戶，是公司開張以來的第一個客戶，也是最穩定的客戶，專買牛仔褲，第一次試訂一千件，兩個月後訂購三千件，又過兩個月再下訂單，數量增加好幾倍。一九八三年初，讓他們眉開眼笑的大訂單，趕在農曆過年前出貨了，貨款也在銀行押匯出來就付清給製造工廠了。過了一個半月，客戶收到貨開箱了，卻發現每一箱裡面都混有不合格品！

那是他們第一次受到當頭棒喝，公司退還全額貨款外加兩成賠款，解決了一件國際貿易糾紛。全公司上下在那時候才警醒，工廠生產線早已滿載、超載，訂單無法如期交貨，工廠拿庫存的瑕疵品充數量！

訂單滿手，但是貨做不出來！怎麼辦？無法準時交貨、貨樣品質不符的案件，越來越多，怎麼辦？公司開張不滿三年，財務槓桿失去平衡，國外客戶索賠的信件讀不完，國內廠商催討貨款的電話響不停。怎麼辦？怎麼辦？怎麼辦？

其他股東都避不出面，清水是公司負責人，每個人都找他。他將住家和屬於他名下的田產，都拿去銀行抵押貸款，又四處向親友調頭寸應急。當能借的都借過了之後，還是填不滿財務的坑洞，開出去的許多支票還是無法兌現！怎麼辦？怎麼辦？

清水傾盡家產，無力可回天，公司玩完了！

不久之後有一天傍晚，阿吉像平常一樣帶著雀躍的腳步放學回家，當他正想踏入庭院，忽然看見兩個彪形大漢，手持大刀，在院子裡徘徊！他反射動作躡手躡腳轉身跑回學校逗留，完全忘了口好渴、肚子好餓。那是他生平第一次感到恐懼。

阿吉記憶中的黃金歲月、幸福快樂的童年，就在那一天的黃昏終結了。

在持刀人上門不久之後，阿吉小學畢業了。某一天夜裡，他的母親帶著三個孩子，提著簡單行李，匆匆離開了家……他再也不曾回去的故居。

他一上火車就睡著了，醒來已經天亮到了臺北。西田舅舅在火車站接他們，帶著他們走到附近暗巷裡一間位於五樓的小閣樓樓梯口。

「大家一起上去打掃，好好清理。我出去買東西。」舅舅一邊說一邊拿給阿吉一個水桶和幾件破衣褲，然後轉身向樓下走去。

阿吉最先登上階梯，走動時木板搖搖晃晃，發出吱吱響聲，同時迎面陣陣霉味撲鼻。他往閣樓內一望，除了滿室厚厚的灰塵之外，裡面空無一物。他和哥哥穿梭著上下提了十幾桶水，與母親和妹妹合力刷洗，水依然是烏黑的。終於屋頂、窗牆、地板、階梯全都清洗過了也擦乾了，兄妹三人便躺下來休息。他打量所剩空間，正好還夠母親平躺。

涼風由窗戶吹進來，他不知不覺睡著了。夢中，母親在樓下轉角處，手上拿著一本書努力搧著瓦爐，濃煙燻得她兩眼串串水珠滴落。煤球終於點燃了，熊熊火光映照著她蒼白的臉。一陣食物的香氣讓他醒來，他向小桌上的一鍋白米粥望去，正好對上母親紅紅的雙眼。他迅即將視線移開，同時起身拿碗為大家盛稀飯。那是他們十八個鐘頭以來的第一餐，稀飯配醬瓜，大家吃得好香。

「你們要乖，聽媽媽的話。舅舅以後會常來。」餐後，西田舅舅對三個孩子說完就離開了。

過幾天，母親開始為人煮飯、洗衣、打掃，維繫母子四人的生活。

阿吉的父親觸犯了刑法的背信罪，在他們離家不久之後，便去坐牢服刑。出獄後，依然怕債主上門，隱居在一處偏遠鄉下，深居簡出。他們在那間閣樓度過七個寒暑，父親不曾來看過他們。金姑和西田每次來，都兩肩扛、雙手提，好像恨不得為他們帶來全部吃的、用的。春美總是從一見面便紅著雙眼直到目送他們離去。

當年家裡出事的時候，阿吉未滿十四歲，來到人生地不熟的大都會，他往日的無憂無慮，像是被街道上熙來攘往的冷漠人群踩碎了；童年的自由自在，像是被留下陣陣煙霧臭氣的公車載走了。哥哥按部就班繼續上學，他卻無法專心在課堂坐下去。他經常由閣樓窗戶，望著人們口中繁華的都市發呆，或是在街道徒步消磨白晝，或是在附近的公園像遊魂一樣，漫無目的地飄蕩。

送走了夏天、又送走了秋天，冬天也走到盡頭，遠離故鄉的第一個除夕黃昏降臨。母親早將年夜飯準備好了，桌上有一盤罕見的白斬雞。他們兄妹三人將雞肉沾醬油膏、配著白米飯，吃得津津有味，母親卻一口也沒動。她還要去附近一個大戶人家上工。

閣樓外四面八方的鞭炮聲轟隆隆，吵得他頭昏心煩，哥哥依舊埋首讀書，妹妹硬是拉著他說要去找媽媽。走在意外冷清的街道上，他一路想著，這時候那家人或許正圍著大圓桌吃年夜飯，享用色香味俱全的滿桌佳餚，而母親穿梭忙著遞送碗盤、收拾殘羹剩肴……。來到那家後院，他們緊貼著水泥圍牆上一排梅花造型的小洞往裡望。他看見屋內透出明亮的燈光，牆邊高高的樹在草地上映出斑駁的影子，花圃裡各色菊花與不知名的花朵，在風中影影綽綽地舞動著，牆角的魚池裡有幾條美麗的錦鯉魚努力游動著。妹妹緊緊拉著他的手，低聲說：「哥，我沒看見媽媽，她這時候不知在做什麼？」

他沒有回答，仰頭閉了閉雙眼，回神正好看見母親在那屋簷下低著頭洗衣服。她那瘦弱的雙肩律動的樣子，迷濛他凝視的眼眸。兄妹默默貼著牆繼續站了幾分鐘，忽然由牆內傳來狗吠聲和人聲，他拉著妹妹急步離開。

平日忙碌的街道，這時候除了偶爾幾輛車子經過，幾乎看不到其他行人。他和妹妹逛了許久才回到閣樓。母親已經回來了，正專注地用油膏塗抹著又紅又腫的雙手。

他渾身顫動，彷彿親身感受到母親手上的傷口疼得發抖。

年後，他找到一份裝潢的學徒工作，從打掃現場、清除廢棄物、搬運器材開始做起，然後慢慢開始學畫設計圖、提出設計概念和材料建議。他對裝潢設計真的有興趣。他經常從書店抱回相關的雜誌和書籍，能夠和哥哥一樣專注地在燈下夜讀自我學習。

阿吉剛過完二十歲生日，召集令來了。兵種：陸軍。役期：兩年。母親帶著他到各地廟宇拜拜，求神明保平安。裝潢公司老闆提議將女兒許配給他，在他入伍之前先訂婚。臨別，未婚妻哭紅了雙眼。金姑阿姨硬是要他收下一個紅包，說是祝他好運保平安；同時一再叮嚀：「阿吉，當兵很辛苦，當你苦悶的時候，記得家裡的媽媽等著你平安回來。」

訓練中心結束之後，阿吉抽中了金馬獎，在高雄搭軍船離開了臺灣本島。船才剛啟航，他便暈頭轉向。顧不得好奇四處觀望，也無心欣賞藍天碧海，他在船艙底層找到自己的床位，一個吊床，躺下來就像兒時的搖籃一樣。他沉沉入睡，一覺睡了數小時，直到「碰……碰……況……況……」的巨響將他驚醒。

醒來，他搖搖晃晃走去上廁所。暈頭轉向中，他覺得空氣中混雜著各種讓人作嘔的異味。暈船的弟兄們拚命往廁所衝去，海軍小兵不停地用水沖洗，周遭依然飄著濃濃的汗水味、嘔吐物及便溺排泄物……等等讓人窒息的氣味。他暫停呼吸，匆匆小解，便趕快讓位給在後頭排隊的長龍。

他百無聊賴地走回吊床，才剛躺下，耳際傳來護送新兵的長官與海軍士官在低語：「突然起了大風大浪，兩個引擎都壞掉了，可能必須棄船……」

「棄船？我不會游泳啊！」他彈坐起來、頭皮發麻自言自語：「怎麼辦？」強烈的恐懼佔據了他的大腦，心中湧起萬丈波濤。不知道時間已經過了多久，他又在吊床躺下。

「長官為何遲遲都沒有發布命令要大家準備逃生？難道我這一生就要不明不白結束在這個茫茫大海上？」他的思緒紛紛亂亂度過漫漫長夜，終於東方漸白，看見「陽字號」的軍艦在附近護航。

巨浪不停擺蕩，吊床搖搖晃晃，軍船終於到了澎湖、靠岸修護。他和所有乘客上岸一天，然後繼續航向那個從來不曾去過的外島。

下了部隊，阿吉被分派文書業務。學長將任務移交給他的三日之後，便調往別的單位去了。他戰戰兢兢自己摸索手上的業務。大約一個多月之後的一天夜裡，隔天正好輪到他島休，而且站衛兵是晨間五點到七點的最理想時段，他舒暢地伸展懶腰，以大字躺到床上，滿懷愉快地計劃著，島休時要打電話給媽媽和未婚妻、採買一些零食、奢侈地吃一碗有媽媽的味道的菜飯……。奇怪了？為何突然莫名心慌、眼皮直跳？為何碉堡內原本習以為常的潮濕發霉氣息，這一夜特別讓人難以忍受？他在輾轉反側中，終於入睡了，卻被夢中的情景驚醒：

一個晴朗的午後，樹梢靜止不動，熾烈的陽光讓他昏昏欲睡，耳際突然傳來刺耳的聲音將他震醒。他睜開眼看見有位老兵正在作弄一個新兵，將他的槍丟到地雷區。那新兵一張慘白的臉佈滿驚恐，愣在一旁……幸好有位學長找來一隻狗，教新兵踏著狗走過的足跡去取回步槍……。

那個夢是那麼真實，讓他嚇出一身汗。他正想起身擦汗時，有人推他的肩膀。「誰呀？有什麼事？」他努力睜開雙眼，看見一個學長站在床邊，滿身酒氣，他被嚇了一跳，隨即反射式地起身立正大聲喊學長好！

學長要他一起去林區。他邊走邊暗自納悶，為何這時候要去林區？學長為何光著上身？

兩人走著，走著，突然迎面一群身強體壯的學長向他圍了過來，個個赤裸著上半身、散發著酒氣、鮮明的刺青在閃爍的燈光下看起來猙獰駭人！

一、二、三……八！咚！他的一顆心彷彿掉落地上！

「你叫鄭吉祥，聽說你有來頭？」

「你是靠關係幫你安插爽缺？」

「你不必掃廁所？不必上體能課？你耍特權啊？」

「你……欠揍！」

「對，就是欠揍！」

「欠揍！」

「欠揍！」

他們你一言我一語，沒有給他任何機會回應，右前方飛來一拳擊中他的鼻樑，左前方的飛毛腿猛踹他的背……重擊落在他的腹部、胸膛……。到底捱了多少拳打腳踢？他已無法算計。也不知道過了多久，一群人丟下他、走了！留下「不許張揚，否則還有大餐等著瞧！」的餘音在空氣中蕩漾。他孤伶伶地躺在林間地上，渾身像被撕扯著一樣。

靜謐的夏夜，突然像山雨欲來一樣，起了一陣怪風，身旁枝葉呼呼叫；雲在樹梢的隙縫中詭異迅速地飄動著，忽明忽暗的星光迷惑著他的雙眼。突然間，疼痛消失了！他感覺彷彿坐在一個桶子裡面，由高處墜落，然後順著一條管子往前快速衝去，眼前出現一道強光，前塵往事像電影一樣，一幕幕飛快掠過。飛呀，飛呀，他輕盈地飛翔……。

阿吉，回來！

阿吉仔，活著回來啊！

阿吉……

是母親的聲音嗎？阿吉停下飛翔、用力聽。

阿吉，回來！

阿吉……

回來！

阿吉仔回來啊……

啊！是的，是母親在喊他！母親的呼喚，聲聲清晰！媽，我好痛，好痛……他再次用力聽，驅趕漁船的炮聲轟隆隆……。

他知道自己還活著，努力站了起來，擦乾眼淚，抖不落滿身汙泥，步履沉重向碉堡寢室移去。

那一夜！他躺臥在床上，一直聽到低沉的狗螺聲，嗷，嗚……嗷，嗚……忽遠忽近，聲聲如哀鳴。他渾身刺痛，腦海裝滿恐懼、孤寂與悲傷，時間一分一秒，像一世紀那麼漫長；但是，活下去的慾望伴隨著母親的呼喚聲在他的靈魂飛翔。

終於黎明來到，又苦撐過五點到七點的晨哨，他走進曾經在辦業務時進去過幾次的小餐館。

「發生什麼事了？你的臉色很差，很不舒服吧？」老闆娘一看見他就驚聲問。那充滿愛憐的話語，讓阿吉感覺就像見到親人一樣，壓抑的眼淚頓時潰堤。

「跟我到裡邊去一下。」老闆娘身旁一位年齡大約五十多歲的先生拍拍他的肩。

他遲疑地望著老闆娘。

「別擔心，他是我的堂哥，在高雄開國術館，上一班船剛到。」

老闆娘輕輕推了他一下。

「怎麼忍心下手這麼重？還好你福大命大沒有出人命！」

阿伯幫他冰敷、抹藥膏，前前後後忙了超過兩小時，隨後再教他一套自我復健操，將內傷逼出去。

該回營區了，阿伯送給他一大包外敷的膏藥和內服的中藥，慈祥地告訴他按時外敷和內服，並一再叮嚀：「往後的日子你一定要冷靜，再冷靜，別驚慌，一定要好好活下去！」

他彎腰深深鞠躬，轉身拱起背，抬腳踏進陽光裡，一路感謝老天爺派阿伯來幫助他。

阿吉稱那位阿伯為「師父」，終生敬愛如師如父。

阿吉謹記師父的叮嚀。冷靜，冷靜。他的外在表現彷彿被霸凌的事不曾發生過；但是，他的內在變了。他決心將自己變強！從那天之後，他與大家一樣參與所有的操練課程；他犧牲睡眠、利用島休時間趕額外的文書業務進度；當他遇見那幾個施暴的學長時，他一如以往立正敬禮，高聲喊：「學長好！」他以鋼鐵般堅強的意志力，每天根據「師父」的指導做復健操，同時自己規劃一套強身計畫，跑步、蹲跳、拉筋、做仰臥起坐和伏地挺身。他將內心的哀傷在長跑與體能訓練的專注中忘卻，讓龐大的恐懼在汗流浹背中發洩。他知道自己的生命力必將變得更強。

夏去秋來冬至，漸漸地，業務熟了，同時日益強壯的體魄滋養著他的自信心，自信心滋養著他與恐懼勢均力敵的勇氣，身上有刺青的學長們看見他時，臉上的線條變柔和了。

在外島的第十個月，他得到第一次榮譽返臺假，可以選擇搭飛機直飛臺北，假期前後七天，或是選擇搭船到高雄，假期前後十天。歸心似箭，他本想搭飛機，卻偶然聽到一個學長敘述他有一次回營搭飛機的經歷，讓他臨時改變了心意。學長說，那次飛機繞島三次，明明都已經看到房子了，卻無法降落，因為已經離境的颱風意外發揮餘威，將往下俯衝的飛機瞬間往上拉……。學長描繪的畫面，簡直像電影情節一樣讓人驚心動魄！於是他選擇了搭船。

第一次搭船下部隊時，他帶著無知航向未知的外島，大半航程在昏昏沉沉中度過。第二次，船載著他返鄉休假，他滿懷雀躍，不想睡覺也忘了暈船。

載著他返鄉的軍船順利靠岸了，他急切地招計程車奔向車站。巴士上豪華的總統座椅和舒適的空調，讓他感覺有如隔世。

「這麼瘦，多吃些！」

在家的幾天，母親餐餐端出他愛吃的菜，同時喃喃絮叨。他雖然感覺未婚妻好像沒有預期中的熱情洋溢，但疑慮一閃即逝，他天天笑逐顏開，盡情享受親情與滿桌愛吃的飯菜。

收假的前一天黃昏，他與未婚妻在住家附近的公園閒逛，巧遇裝潢公司的同事小強。未婚妻與小強交會的眼神，竟讓他的內心升起一股莫名的震盪。小強？小強！為何強烈感覺同事小強與身旁的她之間有問題？他凝神沉思許久，終於忍不住停下腳步問身旁的未婚妻：「他在追妳？」她沒有否認，同時將水汪汪的雙眼望著他，輕聲說：「我們解除婚約吧……。」那輕柔的話語，卻力道猛烈，彷彿在他的心頭狠狠地刺進一刀！

假期結束了，他默默背起行囊，踽踽獨行。到了臺北火車站，他跳上一班正好進站的光華號，選了一個靠窗的空位，一路將帽子蒙住臉，讓萬緒奔騰的心境隨著火車與鐵軌的碰撞聲起伏。到了高雄，距離開船時間還有幾個小時，他在碼頭附近找了一間小旅社，將自己拋到床上。迷濛中，他夢見學長阿隆，一個來自鄉下的憨厚大男孩，比他早三個月下部隊來到外島，一個月前得知女朋友嫁給別人，將自己掛在樹上，被同梯發現時早已經斷了氣。同梯驚魂未定、上氣不接下氣地說：「嚇死我了！先是看到一個晃動的軀體，抬頭正好看到兩隻圓鼓鼓如銅鈴般的眼球瞪著我！再抬頭，卻發現那雙眼睛是閉著的？！嚇死我了！」

「剛才夢中阿隆如銅鈴般的雙眼為何帶著淚珠？！」他的心頭一驚，感覺有些冷，發現整個枕頭和半條棉被濕透。他全身乏力，阿隆如銅鈴般的雙眼與母親的容顏一直在他的眼前交替晃動……。

在床沿悶坐了數分鐘，他起身走進浴室，打開水龍頭，讓熱水沖得全身通紅。從浴室出來，他殷殷告訴自己：「我不是一個人活著，我也不是第一個遭逢兵變的人，那個仲夏夜已經去鬼門關前走了一遭，我必須為自己、為愛我的親長，努力活下去！」

甩開紛亂的思緒，他背起行囊步出小旅社。

第三次搭上軍船，再次航向外島，巨浪依然不停地擺蕩著。不知道過了多久，船隻突然劇烈搖動，他暈頭轉向，一陣掏心掏肺的嘔吐過後，他的思緒變得無比清明。在搖搖晃晃中，他不斷地想著師父曾經對他說過的話：

壞的生活不在於別人的罪惡，而在於我們的心情變得惡劣。讓生活變好的金鑰匙不在別人手裡，而在放棄我們的怨恨和嘆息。人世間讓人不愉快的事何其多，既然沒有能力改變環境，只好試著改變自己的心境。

船靠岸了，他將軍靴穩穩地踩在泥土上。他戰勝了兵變的哀傷，結束了「菜鳥」心中的恐懼與不安，準備好勇敢地迎向前方。

阿吉服役的營區，是前人費盡千辛萬苦，在岩磐上開鑿的基地，碉堡與一片林區（樹林、地雷的混合區）彼此正對著，中間隔著一條碎石子路，路的盡頭是一望無際的大海。結束休假回營不久之後的某一天晚上，他輪值站凌晨一點到三點的哨，搭檔的是一個剛下部隊的菜鳥。他負責觀測大海，搭檔負責觀測林區。

夜裡的氣溫大約攝氏兩度左右，大地像個巨大的冷藏庫，呼出來的氣變成白煙。他們都戴著鋼盔、面罩、手套、穿著又厚又長的軍外套。他算算自己裡裡外外共穿了七件衣服、三條褲子、兩雙襪子，但還是覺得冷！他們喝了幾口酒之後才上哨，全副武裝、持槍立於崗哨亭外。

整個營區都睡著了，浪濤與北風吹拂的聲音，好像也因為寒冷而變成節奏規則而緩慢，只有天上稀稀疏疏的星星，陪他玩著睜眼閉眼的遊戲。睜開眼，閉上眼，再睜開眼，再閉上眼……玩著，玩著，他靠著崗哨亭忘記睜開眼。

「再來玩啊！」

夢中的星星對他喊著。

「鏗！」一粒石頭打在他的鋼盔上。他猛然驚醒，抬頭看見一片烏雲飄過，星星睡覺去了，海的那邊浪濤聲音律尋常。

由石頭打在鋼盔上的方向判斷，他直覺林區可能有狀況，於是便走向搭檔學弟。嘿？小老弟斜倚著崗哨亭睡得正酣，而且還磨著牙！他將夥伴搖醒，兩人一起打開大探照燈，光芒赫然照見大約五十米外的道路上，有一輛吉普車正緩緩駛來！

原來是防區層級很高的長官，出來臨檢！

隔日長官大大讚揚兩人機警，獎賞他們榮譽島休假。

在外島的前段役期，他每天戰戰兢兢，業務、勞務、自我體能訓練，與睡眠分秒必爭，不曾計算過日子，也沒有餘力看看周遭。如同從來不曾揭露那個夏夜被霸凌的傷痛，他一直都沒有告訴一起站哨的夥伴或其他任何人，那晚他們倆是在天地神明保佑中化險為夷。那個喜出望外的島休假，他去了海邊的廟宇拜拜，感謝神明保佑，同時讓視角望向島外、探索心靈荒島之外的世界。

北風呼呼吹著，白天依然寒冷，他走進廟宇裡面，虔誠地對著媽祖神像跪下頂禮膜拜。禮敬完畢抬起頭來的時候，感覺慈祥的媽祖正對著他微笑，平安突然充滿他的內心。他移步到外面一張水泥椅子上坐下來，望著天際，聽任一波波拍岸的浪濤聲，刷洗心靈深處的陰霾。

黃昏，他踏著落日餘暉歸營。途中滿天彩霞相伴，群鳥起降，鳥鳴聲聲悅耳，他不知不覺高聲唱歌。他已經好久沒有唱歌。

那日之後，他的軍旅生涯升級為「老鳥」。

隔年初秋，他光榮退伍了。母親帶著他到各地廟宇拜拜，感謝神明保佑他平安歸來。

退伍之後的阿吉，努力工作和自我進修，三十歲那年欣然與迎真建立家庭，婚後生了三個兒子兩個女兒。

當下的阿吉，工作順利，一家和樂，他自覺生活幸福美滿。他或許沒有世人眼中的成就，他實踐於生活中的信念，或許不是偉大的真理；但是，他積極地過著每一天，為自己能夠來到這個世界上好好活著、為愛他和他所愛的人好好活著。

父母心

王耀祖，明輝的幼弟明智的獨子，去美國兩年，回來的時候人變瘦了些，但是神采飛揚，身邊不但多了一個美嬌娘，還抱著一對雙胞胎兒女。耀祖的太太是他的大學同屆校友，也是在美國英文進修班的同學，兩人在大學時雖已認識，但沒有深交，在異地他鄉巧遇，反而很快交往熱絡，彼此願意攜手共伴走人生。在雙方家長滿滿的祝福之下，兩人幸福洋溢走進結婚禮堂。雖然已經在美國完成簡單莊嚴的婚禮，但大家都願意配合月珠的心願，在臺灣補辦宴席、告知眾親好友他們的好消息。

補辦宴席的那天，月珠一早便穿上一套特別量身訂做的禮服，不但看起來喜氣洋洋，而且美麗大方。月珠一直都咧嘴笑嘻嘻，彷彿全身的每粒細胞，都浸泡在快樂裡。

「今天這杯喜酒我喝得特別開心、特別感動！因為我從今天這對新人的身上看見未來的希望！各位嘉賓，我想大家都跟我一樣，看到剛才新郎和新娘進場時，兩人手上都抱著孩子……我要特別恭喜明智、恭喜月珠，你們的兒媳願意增產報國，我非常非常感動！」

明智的同事在檯上說話時，檯下親友掌聲熱烈，月珠眼淚直掉，明智也紅了雙眼。

明智是明輝最小的弟弟。關於這個弟弟，明輝最喜歡說的故事是，他出生落地的時候沒有哭，爸爸已經用草蓆捲起來準備去埋了，但是產婆拚力甩了他好幾巴掌，終於聽到哇的一聲哭，他活了下來，而且健康又聰明。還有明智從小愛讀書，小時候家裡沒有電燈，他常捧著書本在路燈下讀，被蚊子叮咬也不覺得苦。漁村裡的長輩人人都說這孩子未來一定很有出息，再怎麼苦都要讓他繼續讀書。明智在半工半讀中一路完成博士學位，在專業領域成就非凡。他雖不善社交，但與他長期相處的同事、朋友都非常喜歡他。因為他做事努力既耐勞又耐操，待人又溫和有禮貌，親友同事們不約而同叫他「和牛」。

讓哥哥明輝引以為傲的明智，完成學業、服完兵役、上班兩年之後與大學剛畢業的月珠結婚。兩人都希望享有一個妻兒倚門飯菜香的溫馨家庭，因此婚後月珠沒有再外出工作。悠悠等了八年，月珠終於有了身孕，明智和她一樣欣喜若狂，對她腹中的胎兒傾注滿滿的愛。從發現懷孕開始，月珠便希望如果是兒子就要取名為「耀祖」。她說，希望能夠出一個光宗耀祖的子孫。果然產前檢查結果確定是個兒子，她整個懷孕過程努力加餐食以確保「耀祖」頭好壯壯；出生落地之後，她給他吃好的、用好的；讀小學開始，她便為他報名科學班，排隊報名國語日報學習中文聽、說、讀、寫。耀祖上高中時，為了讓他擠進英文、數學補教名師班級，她親自到補習班現場排隊等報名。

耀祖果然乖巧聰明，一路過關斬將，考上了金字塔頂端的國立大學，完成了電機系學士和碩士學位，服完兵役後即進高科技公司上班，月薪由十萬起跳，鄰居們說他是科技新貴。想到兒子是「溫拿」，是人生勝利組，人生將一片黃金光輝，月珠連睡覺時都在笑，因為那正是她對兒子的期盼。

大學讀會計，對數字運算快速又精準的月珠，卻沒有算到兒子在踏上就業的路沒多久之後，就走出她深切盼望的框外。

耀祖職場上的第一份工作是高科技公司的工程師，經常晚上十點以後才離開辦公室，有時候徹夜加班，也經常出差到外國開會。他任職滿兩年之後，有一天難得沒有加班黃昏就回到家裡，月珠大汗淋漓忙進忙出張羅了滿桌佳餚，一再說：「難得在家裡吃頓晚餐，多吃些。」

「媽，我吃不下。」他拉拉媽媽的手，不讓她將魚、肉往他的碗裡放，勉強小口小口扒了兩口飯、喝了一碗雞湯，便將碗筷放下。

「可能中午吃太飽了吧，晚一點再吃。」和牛裝作沒有看到兒子的眉頭微微蹙了一下，努力將菜餚往自己嘴裡送，邊吃邊稱讚太太做的菜超好吃。

幾天之後，耀祖向公司遞出辭呈，工作到八月底。他在家休息了兩個月後，又去另一家離家比較近的公司上班。第二份工作依然是高科技公司、薪水很高，當然工作時間也長，晚上九點才下班是常態，有時候夜裡兩、三點才回到家也算正常。他待了八個月便離職。

時序進入七月，這一年的熱氣比前一年更是逼人。月珠看到耀祖成天在家裡，心裡不免有些難過，但是她相信兒子工作很容易找，每天很努力準備三餐，希望兒子暫時休息養精蓄銳，再走更遠的路。但是一個月過去了，怎麼沒聽到他說要去面試？她開始暗自心慌。兩個月過去了，還沒有動靜？她開始憂慮。三個月過去了，怎麼還是窩在房間讀書？才一晃眼，已經半過去了呀！她開始對和牛表達她的不安，同時她的腦海突然莫名奇妙飛進一個疑問：「兒子沒有工作，做父親的竟然一點都不急，莫非他有小三？」

從此，每天只要看到耀祖在家裡，對於和牛有小三的疑問，便頑固地出現在她的腦海裡往四面八方擴散。只要一想到和牛與某位女性說說笑笑的畫面，她就心慌意亂，越是心慌意亂，就越覺得他的一舉一動都在試圖遮掩外遇的嫌疑！她好不容易把這種惱人的意念從腦海裡驅趕出去了，可是疑慮旋即又隨著他提著公事包出門的腳步聲回頭糾纏她。她越是對丈夫可能有外遇坐立難安，就越對耀祖沒有出去工作感到痛苦！

耀祖賦閒在家十個月過去了，中外書籍一箱一箱往房間抱，她的眼前突然浮現一個影像：耀祖兩鬢花白，在彷彿只有一個人住的家裡低頭看書……

「莫非他年老孤獨寂寞？」

從此，她對兒子的焦慮除了工作之外，又加上結婚、生子兩大樁。有一天夜裡，她夢到與兒子走在海邊，突然一陣大浪襲來，她本能地將眼睛閉上、身子往旁邊一閃，瞬間睜開眼睛……兒子怎麼不見了！？！？她聲嘶力竭大喊：耀祖……耀祖……

她從驚恐中醒來，不停地喊著耀祖、耀祖，同時急切地跨出臥房。

啊！謝天謝地！兒子房間的燈亮著，他還在看書！

那一夜，她雙眼淚潸潸到天明。

一顆懸著的心，依然沒有得到安頓，但月珠不敢正面給兒子壓力，卻變成不停地數落和牛，說他做爸爸的應該對兒子說這、說那，應該為兒子做這、做那，說他該努力推兒子走出去……。和牛總是勸她，別給孩子太多充滿情緒性的負面批判。他說「一切都是為你好」正是最沉重的壓力。但他越說，她的心越是糾結成一團。她變得越來越怕跟耀祖說話，隨著日子一天天過去，母子之間竟變得無話可說！

就像在海中浮沉時緊緊抓住浮木一樣，月珠經常在善解人意的大嫂金姑面前，無拘無束地盡情傾訴，同時也向神明尋求幫助。她不但單獨去了知名的宮廟拜拜，還拉著和牛、帶著板凳，在大排長龍的龍山寺前，不畏低溫下雨，輪流守候了三天三夜，終於為耀祖點了光明燈。當春天將走到盡頭時，她又獨自參加了大甲媽出巡遶境，在綿綿細雨中一步一腳印走了長達九天八夜、三百四十多公里的路程，一路祈求。

她發現在節慶假日，不管是指南宮、行天宮、奉天宮、天后宮、城隍廟……處處都香火鼎盛、萬頭鑽動，而大甲媽祖遶境活動，參與人數更是讓她傻眼。她深刻體會到，眾多市井小民的心裡，都和她一樣有個深切的盼望，或是為了自己、或是為了親人，有人祈求健康，有人祈求平安，有人祈求順遂、有人祈求發財……。在虔誠膜拜中，月珠始終如一，祈求眾神明保佑她的兒子。

和牛認為，在兒子的人生旅途中暫時沒有工作的時光，其實就像音樂的休止符，在那之後樂聲將再響起，繼續完成生命的樂章。他深信耀祖當前度過的每寸光陰、所讀過的每一本書，必然都是未來成就他的資糧。但是眼看月珠的焦慮幾乎到了歇斯底里的程度，她彷彿放下自己的人生、全心全意只為孩子憂心而活著，他滿心不捨，覺得自己該為太太和兒子，做理性正向的溝通。

六月，某個星期一，天氣熱得讓人慵懶鬱悶，他在上班時間滿腦子想著盡快完成一份研究報告、希望騰出時間與兒子深談。他沒有外出吃午餐，請秘書幫忙帶回來涼麵。吃過之後，竟連續跑了好幾次洗手間，拉得四肢無力。黃昏的時候，同事們都已經下班了，他好不容易在鍵盤上敲下最後的結論，將電腦關機，慢慢走出辦公室，感覺前所未有的疲倦。回到家，耀祖開門喊了一聲爸爸，隨即轉身進他的房間。接著他聽見月珠從浴室探頭大聲咆哮著：「下午打電話給你，為什麼不接？為什麼晚半個小時回家？」

「忙啊！」

他一開口便覺得頭昏、渾身無力，隨手將公事包丟下，踉蹌跌坐在沙發上，緊閉雙眼。

「都是藉口啦，忙著去跟小三約會啊？」

他沒有回應。

「也不早點回來！」

月珠邊走向他邊吼著，然後拿起茶几上的玻璃杯往地上砸！過了許久，她氣嘟嘟地將滿地玻璃碎片清理乾淨，雙腳重重跺了幾下、啪啦啪啦蹬進了臥房，碰地將門關上。

自他們結婚以來，那是月珠第一次發脾氣時摔壞東西，也是和牛第一次沒有在她耍脾氣的時候，即時扮演安撫者的角色。

和牛蜷曲在沙發上大約一個鐘頭，張開雙眼抬起上半身，但感覺天旋地轉、頭昏胸悶、全身冒汗，便又躺了下去。他雙手揉揉兩邊太陽穴、長長地吁了幾口氣、輕輕翻身、緩慢而持續地伸展四肢。過了二十幾分鐘，昏厥舒緩了，他慢慢側身坐起，扶著椅背移動腳步往廁所小解，轉到廚房倒了一杯熱開水喝下，走回客廳把自己再拋進沙發。躺了大半夜之後，他本想坐起來吃點東西，卻感覺好累、好累，又頹然躺下去，慢慢墜入夢鄉。

恍惚中，他彷彿被輕輕托起來離地漂浮，眼角瞥見一團黑影從窗戶飛出去、掠過窗外斑駁的樹梢，黑色長袍的寬大下擺在微光中輕輕飄蕩著。他驚嚇地打了一個冷顫，起身拉開窗簾、打開落地窗，望見晴空萬里，庭院內雀鳥以嘰嘰喳喳的合唱聲迎接著晨光。他用力做了幾次深呼吸，緩緩走到盥洗室。看見鏡子裡的自己，一夜白髮增加很多，他低下頭想著：「如果明天就是自己的末日，月珠必然不好過，耀祖必然也不好過……。萬一人生就這樣結束了，他們母子將如何是好？」

任自來水從雙掌指縫間嘩啦啦流泄，他對著鏡子擠出慘澹笑容，拿起刮鬍刀緩緩刮去滿臉鬍渣……。他決定請假一天，告訴月珠他要單獨邀兒子去爬山。

那天，他和耀祖選了一條森林步道，坡度不高，兩旁樹蔭濃密、小花爭奇鬥艷。由登山口往上步行大約半個多小時，便來到一處清幽的休息平台。那裡大約有五、六坪左右的圓型空間，邊緣架設高度及腰的木椅，地面平鋪長型厚木條，四周林木茂盛，溪水潺潺，林間鳥鳴，天籟之聲有如交響樂般悅耳。父子倆卸下背包，暫歇、喝水、拉筋、深呼吸，把心靈完全交給周遭的大自然。

休息片刻之後，他舉頭從葉隙間仰望白雲在藍天上悠遊，微風吹動樹梢，攝氏二十五度左右的氣溫、清爽的芬多精，感覺精神和體力都回來了。

「爸爸，我是不是讓你們很沒面子？」耀祖問。

「沒有的事，親子之間怎麼會有面子的問題呢？」

「我……」耀祖才剛開口便頓住了，因為他突然發現爸爸老了許多。他揉揉雙眼，低頭輕聲問：「我是不是讓爸爸、媽媽很煩惱？」

「沒那麼嚴重啦！」

片刻靜默。

「爸，我在幾天前碰到一個學長。他從服務三年的公司辭職一年多，其間陸續應徵過幾次都覺得不理想，所以暫時接了翻譯的案子在家做，卻無意間聽到爸媽因為他吵架，讓他心情很低落。」

一開始他聽到他的媽媽說：『翻譯是不能拿來當正職的，叫他趕快出去找個正式工作吧！』

『他自有分寸的。』他的爸爸回答。

『哈！你替他說話？你認為他有哪一點可以讓你引以為傲的？』

『這樣說？太沉重了吧？』

『明明是同一娘胎長大的，得到同樣的愛與家教，為何姊姊大學畢業就留學美國、就業、結婚、定居，從來沒有讓人操心過，他卻問題特別多！希望他能像姊姊一樣，去美國發展，偏偏他不肯去！每次想到女兒就開心，想到他就讓我想哭！』

『其實他還好啊。』

『還好？莫非你又要說只要孩子平安健康，讓你有機會與他同行就好了？是嗎？』

『唉！』

『唉什麼唉？難道你不關心孩子嗎？』

『當然關心！』他的爸爸沒好氣。

『你不知道我很擔心嗎？』

『知道。』

『知道？那你做了什麼？』

『事緩則圓，你不懂嗎？』

『哈！你懂？你根本事不關己！』

『孩子也是我的孩子，怎會事不關己？』

『你的意思是我自尋煩惱？』

他的媽媽開始高分貝大吵了起來，完全忘了他在家。結果他的爸爸也開始放大聲量，變成兩人互相責怪對方教育失敗，說孩子變成今天的樣子都是對方的錯……。

「爸爸，學長說，不管是從媽媽口中說出『子不教父之過』，或是從爸爸口中說出『都是被媽媽寵壞的』，都讓他無法承受。他感覺自己是個大逆不道的不肖子！」

沒有等和牛回應，耀祖繼續說：「爸爸，我所認識的學長，是個善良、正直的陽光男孩。他文筆很好，很有思想見解。他有對自己設立的期許，目前失意只是暫時的過程。」

「了解！」

耀祖凝望著和牛，以堅定的語氣說：「爸爸，看到學長因為父母為了他吵架而心情不好，我也對自己賦閒在家感覺很自責。但我必須說，無論我怎麼不爭氣，希望您和媽媽千萬不要互相怪罪對方。過去爸媽對我付出很多愛心，用很多心力栽培我，如果我與你們的期望有落差，那絕對不是你們任何一方的錯。我是成年人，必須為自己的人生負責。我當然不希望自己成為讓爸媽抬不起頭的大魯蛇，但之前亂了生理時鐘，身體很傷……」

耀祖說最後面一句話的聲音變得很低，同時他迅速低下頭。但他還是不夠迅速，和牛已經看到他的表情。

望著兒子那消瘦的臉上流露出的苦悶和悲傷，和牛的心中升起一股強烈的不捨。

兩人陷入沉默，風吹落葉滑過地面的唰唰聲，斷斷續續陪襯著他們的呼吸聲。一分鐘，兩分鐘，三分鐘，足足五分鐘過去了……

耀祖終於再抬起頭來雙眼直視著和牛說：「爸，其實我也不願意在很多人找不到工作的時候，放棄年薪超過一百五十萬的職務；但我實在沒有辦法適應緊張的生活作息。一開始本來是認為應該努力克服障礙，但就是做不到！外人或許會質疑，很多人在科技的產業鏈工作，人家做得到為何我做不到？重點是他們可以做到一貼到床就睡著，有時候可以加班整夜不睡覺，然後利用休假時補眠。真羨慕他們的副交感神經像電器開關一樣，可以隨時開啟和關閉。而我，太敏感，越累越亢奮，越亢奮越睡不著，好不容易入睡了，又被周遭的噪音吵醒了！出差或出國的時候，經常兩、三天無法入眠。第一次辭職之前，有一陣子很不舒服，醫師說肝出了問題，休息一陣子就好了。第二次辭職，是因為覺得幾乎快活不下去了，有時候身體莫名奇妙發熱，有時候會頭痛，偶爾還會胃痛、耳鳴，有一天在辦公室突然昏倒。後來，一想到要出國開會，連呼吸都覺得困難……」

空氣凝結片刻，風也靜止了，只有身旁流水聲依然潺潺，耀祖越說聲音越低，低到和牛幾乎聽不見。

「這麼嚴重？怎麼都沒跟爸爸媽媽講？現在覺得怎樣？」和牛急切地問著。

「之前怕爸媽擔心，不敢講。現在已經確定肝指數都正常了。爸媽不用擔心。」

「你大概遺傳了我的體質，我也是越累越睡不著。幸好我需要加班的機會不多，交際應酬也不多。」和牛以關愛的眼神看著兒子慈祥地說：「找個輕鬆一點的工作吧？」

一片巴掌大的落葉飄到耀祖的腳邊，他彎腰撿起來，凝視，再凝視，彷彿正在從那綠色尚未脫盡的黃色葉脈的紋理中，找出未來人生該走的方向。大約一分鐘後他才挺起身緩緩說：「如果要換個作息正常的工作，就得換跑道，一切重頭來。不知道媽媽會怎麼想？」

「身體健康先於一切，媽媽當然關心你的健康。」

「媽媽都不理我，我知道她因為我這麼久沒有出去工作很生氣。」

「傻孩子，媽媽怎麼會生你的氣呢？她因為太愛你，以至於過分擔心你的未來。她被不自覺的強大憂慮，壓得喘不過氣來了！她甚至忘了她還有自己的人生要過，每一口呼吸都是為了你！其實她不理你，是怕開口失控刺傷你。」

「啊！啊！」耀祖嘆了一口氣，仰頭沉默地盯著樹梢。

「天下父母對孩子，即使有一百個理由想放棄，卻還是能夠找出一個理由繼續愛。」和牛說：「媽媽全心全意愛護你，希望你的一生能夠走平坦的路，過得快樂幸福。」

「嗯，我知道。但我們這一代年輕人，生活作息不正常，飲食也不正常，很多人身體健康很早就崩壞了。」

「確實是，應該多加注意身體健康。沒有健康的身心，其他都免談。」

「所以……爸，我有個想法……重新出發去學習健康管理，將來可以幫助自己同時幫助別人。您覺得這可行嗎？」

「很好呀！」

「爸，走這條路，等於放棄先前的康莊大道，而且還要再投入耐力和決心，最終誰也不能保證成功。」

「耐力和決心，我相信你肯定沒有問題。至於成功與否，儘管去做、朝目標前進，至少能創造成功機會。如果不踏出去，就永遠沒有機會。」

「嗯！」

「你還年輕，不要怕失敗，因為失敗也是人生的一部分，重要的是我們必須永不向失敗低頭，而是讓挫折幫我們變得更堅強。」

「嗯！」

「儘管依你自己的想法勇敢踏出去。不管怎麼說，年輕人還是應該有工作才會快樂，雖然工作和快樂本質上好像南轅北轍，但實際上它們會在某一點上相連接的。而且工作其實不只是工作，它還包含人際互動、友誼交流……，都是生命中需要的元素。」

「嗯！」

「美國總統傑佛遜曾說過：『我十分相信運氣，而且我發現我愈努力，運氣愈旺！』我以前年輕的時候曾經有一陣子對工作沒興趣，但是當年為了生活無論如何都必須堅持工作下去，後來慢慢發現興趣是可以培養的，而且努力工作不但可以鍛鍊能力，也可以帶來快樂和好運。」

「對，我也聽人家說過，運氣其實是一種實力！」

耀祖雙眼正視和牛，臉上露出一抹陽光。經過很多年之後，和牛每次想起兒子那時候臉上燦爛的神情，依然還是覺得開心。

父子笑容滿面靜默片刻，和牛開了口：「嗯，兒子，我在想，你年紀也不小了，除了工作之外，也該交女朋友了吧？」

「關於這個問題，因為之前被工作搞昏了頭，又對婚姻沒信心，一直在逃避。」

耀祖搔搔頭靦腆地說。

「我們單位有一個客戶去過以色列很多次，他說以色列的年輕人有一種『無所畏懼』的精神，就是告訴自己，不要過多的顧忌，想說就說，該做就做，所以他們的創投業蓬勃發展。這種充滿行動力的精神，值得學習。婚姻或許不一定幸福美滿，但不去走一遭，怎麼知道呢？人一出生就註定終有一天要面對死亡，但總不能因此都不生小孩，或是從出生的第一天就開始擔心死亡吧？」

「爸說的對，我會努力試著去做的。」

「總是有個伴比較好，不管是好是壞，總得踏出去嘗試。」

「嗯！」

「人生重要的是在過程中的經歷，好的、壞的，都不要逃避。」

「好。」

「我和媽媽有你陪伴很幸福，希望我們走了以後，你也有親人作伴、愛與被愛。」

耀祖沒有作聲。

「兒子啊，以後有事要隨時講出來，不要悶在心裡。在社會上、職場上，難免碰到不如意的事情，要找人談開來，別讓自己糾結在苦悶中。當然，父母是最好的溝通對象。」和牛起身去拍著耀祖的背。

「嗯！」

一陣涼風徐徐吹來，耀祖的臉上陽光燦爛，和牛整個身心都愉快了起來。

三個月之後，和牛與月珠送耀祖到機場，歸途中月珠說：「希望耀祖回來之後，娶個配得上他的好太太。」

「他才剛出門，妳就開始想他回來啊？」和牛問：「妳認為怎樣叫配得上、配不上？」

她默不作聲。她正在想著鴻展和怡安曾經私下對她說過的話。感謝他們曾經努力幫她從歇斯底里的邊界拉了回來。

「我們總認為愛孩子就該盡力去做些什麼才對，但是努力做的結果，如果正好是錯的呢？」怡安說：「現代父母，將自己的身心安頓好，讓孩子安心，或許就是對他們最大的幫助吧？」

「人類的努力總是混雜著錯誤前進，不管我們曾經對孩子付出多少愛心，用多少心力栽培，孩子最終可能長成一個跟我們的期待不一樣的大人。」鴻展說：「孩子或許做不了父母心目中的傑出菁英，但我認為只要確信他們心地善良、是非善惡分明、樂於助人、是社會上的好人，就足夠了。」

看月珠沉默不說話，和牛笑著說：「老婆！就那麼捨不得孩子離開身邊啊？放心吧，兒孫自有兒孫福。我們當然深切期盼孩子的人生快樂幸福，但是每一個人來到人世間各有天命，我們無法強求。孩子只要能夠平安、健康、快樂做自己，找到實現他的心目中生命價值的落腳處，就很幸福了。我們從現在開始，努力讓自己身體健康，快樂過生活，才是給他最大的幫助。」

「我終於認清了我自己，其實我並不要求孩子光宗耀祖，他只要健康快樂好好過生活，我就心安了。」

月珠開了口。

和牛望了太太一眼，雙手沉穩地轉動方向盤往回家的路前進。

第三章　昨日再見

宇宙人間

一向與金姑情同母子的耀祖，終於結婚了、生子了，而且篤定地說他找到自己人生的定位和工作的方向。作為伯母的金姑·就像他的母親月珠一樣，放下心中重擔。補辦結婚喜宴結束之後，她身心全然輕鬆、前所未有地放任自己變得有些慵懶。數日之後，阿吉來探望她，發現她堆滿親切笑容的臉上，少了一股奕奕神采，堅持約了鐵柱幫她鬆筋骨。

鐵柱沒有讀多少書，但滿腦子從收音機、電視、客人聽來的故事，而阿吉除了努力工作之外，讀書幾乎是唯一的休閒。他除了與室內裝潢有關的專業書刊之外，天文、地理、宗教、歷史、哲學、文學都有涉獵。鴻展稱讚阿吉讀遍萬卷書，遠比很多讀過大學的讀得更多。他們兩人湊在一起，永遠聊不完。

那天，在工作室裡，鐵柱推拿的雙手忙著，同時嘴巴不停地和阿吉聊著：

「阿吉老哥，最近還研究天文嗎？有何新發現，說來聽聽。」

「今天不談天文星座，我們來談宇宙。」

「宇宙？好厲害噢！」

「根據科學家和歷史學家的研究，宇宙的年齡迄今至少已經有一百三十八億年，地球大約在四十六億年前在太陽系誕生。地球歷史和宇宙歷史相較只是小巫見大巫，而有文字記載的所謂五千年人類文明，只講了地球歷史的百萬分之一。」

「哦，一般人活在世上的時間大不了一百歲，如果以宇宙的時間去看人生，豈不是杳無蹤跡？那麼……」

當鐵柱正說著的時候，樓上傳來一陣像大象跳舞一樣，連天花板都會震動的腳步聲。

阿吉大笑：「哈哈，樓上的胖妞不同意你說人生渺小啊！她想用腳步聲，宣告她的巨大存在！哈哈……」

「唉，都市居大不易，經常聽到客人說，因為整夜被鄰居吵得沒睡好、頭昏腦脹，所以跑來推拿舒壓。」鐵柱說：「他們抱怨，不管有沒有錢自己買房住，日常生活中很難避開一些惱人的干擾：住屋老舊，設備年久失修，馬達不分日夜嗡嗡響、水管發出碰碰水錘聲……住家附近有宮廟、神壇，整日煙霧瀰漫，擲筊聲，喧囂鑼鼓聲……街坊的高聲交談，路人用擴音講手機……樓上住戶深夜喧嘩、搬動重物、物品掉落地板的撞擊聲、敲牆、咳嗽、呻吟、沖馬桶、門窗開關……鄰近街道的車聲，特別是十字路口紅燈轉綠燈時，所有汽車、機車幾乎同時啟動的聲音，更是讓人受不了。噪音攻擊的種類數都數不完！」

「雞鳴狗吠在鄉下沒有人會覺得被吵，但在人口密集的都市地區，那就是大大的噪音！」

「我眼盲但沒有耳聾，剛來都市時，很不習慣那麼吵，但很快就適應了。哈，哈，不是原本要談宇宙嗎？一個多麼神聖龐大的話題，現在我卻專講雞毛蒜皮的鳥事！」

「鐵柱大師啊，對很多人來說，那些事在日常生活中，可不能說是雞毛蒜皮啊！而且雖然宇宙浩瀚，歷史悠悠，但是世人都將自己的存在看成無比巨大啊！」

「每一個人的存在是很具體啊，不能否定個人真實的存在！阿吉，我覺得每一個時代都是個體與群體互相依存，社會檯面上演的大事，影響著人們的生活，個體力量亦能掀起潮流、改變社會。你說是不是？」

「嗯，滴水成河，大海也是由涓涓細流匯集而成。人口變動、商業活動、科技進步……都牽引著歷史變遷，但所有的活動、進步都依賴人們的推動。」

「永恆也需要剎那堆積，構成個人短暫生命的年、月、日、分、秒，當然也是構成大歷史的元素……」

兩個鐘頭的療程很快就結束了，金姑感覺全身輕鬆無比，但腦海裡卻繼續迴盪著阿吉和鐵柱的談話。她知道自己是個市井小民，生活中的每一個年、月、日、分與秒，所能關注的，僅僅是日常細微的瑣事，他們所說宇宙和歷史，對她來說其實無比飄渺，但她覺得很有趣。

再見漁村

又到了週日，大兒子伯宗、次子仲坤夫婦陪伴在金姑的身旁噓寒問暖。

「媽最近看起來瘦了，是不是不舒服？」媳婦雪花關心著。

「沒事啦，只是這幾天感覺有些累，上了年紀的自然現象啊。」她笑著回答。

「媽，想去哪裡走走？」仲坤問。

「我們陪媽回去漁村。」伯宗提議。

於是，午餐後，一家四人驅車出發。

在明輝去世的前一年，伯宗開車載兩老回去漁村一次。那次是在秋高氣爽的午後。去程中，伯宗專注開著車，明輝一路上閉目休息，金姑默默望著車窗外，任由思緒穿越過往的年代。一見到漁港，一股既熟悉又陌生的感覺自她的心底升起。她舉目遠望，巨大岩石依舊磐坐在大海之濱，蒼穹依然遼闊，彷彿她不曾離開過。但是，近處映入眼簾的景象卻是陌生的。往日為生活打拚的海男兒不見了，岸上也看不到原本忙著煮魚、曬魚的婦女們。她帶著些許落寞，望著岸邊停靠的許多閒置船隻，一種缺乏生命力的無力感揪住她的心。另外讓她感覺很不習慣的是，後來改建的水泥洋房，外觀與周邊的石頭屋很不協調，嚴格說起來很難看。她忍不住說：「那些洋房蓋得真難看！好殺風景！」

「很多城鎮的房子都長成那個樣子。」明輝徐徐回應。

「不是只有城鎮，很多風景區也是一樣。」伯宗大聲說：「海邊、山區，到處都可以看到老舊水泥洋房，長得像是由火柴盒堆疊而成，斑駁的油漆、灰暗的外牆、生鏽的鐵窗，真是醜到爆！海天壯闊，山巒巍峨，本是自然美景，卻被突兀醜陋的建築物破壞了。」

「早年因為大家都窮，比較少考慮到美感。」明輝難得又開口。

「大自然的景觀是無價的公共資產，建築物的外觀不搭調，真的是很可惜。」

三人邊走邊聊邊休息，慢慢走遍整個漁村，竟沒有找到任何一個熟識的舊友。

「沿海漁業資源日益枯竭，漁獲量大幅減少，再加上油價不斷攀升，漁業早已繁華落盡，漁村人口大量外移……。」明輝說。

明輝的家鄉，那個因地理位置所形成的天然小漁港，漁村風貌已經與當年大不同。海岸邊開了好幾家供應咖啡簡餐、欣賞海景的餐廳。馬路邊有幾個年紀大約五十歲左右的婦女，每人身畔都有一個攜帶型冰箱裝著漁獲。那天她們賣的大多是白帶魚夾雜著少數幾條其它魚種，每條魚的眼睛和魚身都閃閃發亮。金姑注意到不少開車路過的客人，停下車來買了魚，很快將車開走了。黃昏之際，他們也買了十幾條魚，上車告別了故鄉。

回程中，金姑的心中原本還有些許失落，但很快就讓為明輝準備鮮魚營養膳食的規劃填滿，一路上不留任何空間給多愁善感。

這一次再回到漁村是在夏日的午後。

去程中，車子在蜿蜒的路上往前奔馳，歲月在她的腦海中穿梭快轉。她閉上雙眼讓思緒如浪翻滾前進。萬緒奔騰中，突然間，天地昏暗、雷聲轟隆隆，雨水啪啦啪啦打在車窗上。她努力睜開眼睛望向窗外，當記憶中的石屋出現時，她雙眼朦朧。

雷雨來得急去得也乾脆，當伯宗將車子停妥時，雨停了，天空的雲隙中露出燦爛的金光。轉瞬間，片片烏雲散盡，陽光在湛藍的天空盡情奔放。海面呼應太陽的熱情，反射出讓人不敢直視的光芒，海水像晶瑩剔透的藍色寶石，在陽光下閃著無數的星點。她暫時停下前進的腳步、闔上雙眼專注聆聽海濤聲，讓自己的心跳與海洋共振。她感覺明輝彷彿就在身旁，低聲訴說著漁村的故事，一如新婚時的初夏黃昏。

他們走走停停，不覺金色的陽光已經慢慢黯淡，一葉葉小舟浮現海面。她心中的雜念隨著點點漁火越漂越遠。當他們走到馬路邊的店家，她被透明玻璃水缸裡努力游動的魚蝦所吸引而駐足觀賞，同時想起「江媽媽的家」，還有店裡面那些飽經風霜的漁夫和他們赤膊揮汗勞動的身影。他們都曾經是她熟識的鄰居，自舉家遷移之後，就不曾再相見。如果有來生，如果大家有緣再相逢，不知道那將是個什麼樣的時代？什麼樣的社會風貌？那時候科技更進步了？人類生活更富足嗎？感覺更自由、快樂、幸福嗎？

在她忘神沉思間，雪花輕撫她的肩膀柔聲說：「媽，我們進去吃晚餐，好嗎？」

小餐館窗明几淨、燈火明亮，裡面兩張大圓桌擠滿男女老少二十多人，熱鬧哄哄的狀況很像家裡的聚會，她不禁漾起滿臉微笑。

她跨步走到面海的大片落地窗前極目遠望，但見一片灰暗，找不到海天間的一線，漁火好像停駐在風平浪靜的水面上，與倒影互相輝映成一棟棟明燦燦的雙層燈樓。她將視角移向近處，看見海浪沖向岸邊，濺出白色水花，突然想起新婚不久時，她曾經問明輝：「海浪走了多遠才來到這裡？」

「我也不知道它們走了多遠，但是我知道它們在旅程中，必然曾經擁有巨大的力氣和能量，才能夠乘載船隻穿越大洋。」他回答：「每個人的生命歷程中，應該也都有一段擁有巨大的力氣和能量的歲月吧？」

她的思緒飄向遠方、想念著明輝。

店家很快就將飯菜端上桌：四碗地瓜飯，一條肉質細嫩的清蒸黑毛魚，上面鋪滿切得細細的紅色辣椒、綠色蔥花、黃色嫩薑絲，一碟水煮的白色軟絲旁邊有一小撮綠色芥末，一盤以蔥、蒜、薑絲、醬油快炒的小管，一盤水煮綠色野菜上撒著雪白的蒜瓣，還有盛裝在砂鍋裡的深綠色海菜湯點綴著銀白的吻仔魚。

「真好吃！」雪花小口、小口試吃了每一道菜，同時忙著挾起各種菜餚堆滿一盤端給她：「媽要多吃一些，把體力補回來。」

一家人吃得津津有味，很快便將桌上的飯菜吃得精光。同時他們看見其他二十多位客人熙熙攘攘離開了。

老闆夫婦熱情地送走那一大批客人，隨後端來一壺香氣四溢的熱茶。金姑打開話匣子與他們聊起早年漁民的辛苦，老闆夫婦便娓娓訴說著他們一生的奮鬥，以及當下視為神仙般的晚年生活……

「我們在這裡做小吃生意將近三十年了。」

「兒孫希望我們去都市與他們同住，安享晚年。」

「但我們決定在還能動的時候，繼續留下。」

「早年為了養家餬口，日日從早忙到晚，現在非假日很少客人上門，我們閒得像神仙。」

「假日客人雖然比較多，但兒孫會回來度假，也順便幫忙。」

「住都市，關在公寓裡，天氣熱了吹冷氣，沒事對著電視機，無聊得幾乎讓人抓狂。」

「還是在這裡比較自在。」

「喜歡吹了一輩子的海風，」

「更喜歡一望無際的海闊天空。」

……

……

老闆夫婦像是唱雙簧一樣，你一言我一語，聽起來很有趣。金姑笑著對他們說：

「我也喜歡一望無際的海闊天空，還有那如世外桃源的山村……。」

快轉人生

出了餐館，金姑再次瞭望遠方，彷彿想將漁火波光烙印在心靈深處。上了車，她的腦海裡的時光機，快轉飛掠走過的人生。

她想著青春年少十八年的山居歲月，迎日出送夕陽，她知道夕陽下了明日依舊爬上來；成家後住在海邊，看潮起潮落，她體悟到再怎麼狂的浪終究還是回歸了大海，而人的一生就像一朵浪花裡的一粒小水滴，每一朵浪花不管多大，在大洋中都是渺小的；後來在都會區的小吃店裡與各色各樣的客人聊生命故事，她看見人間充滿各式各樣的不完美，在人們享有快樂和幸福的同時總是摻和著痛苦和不安，光鮮亮麗的外表之下或許憂思交纏糾結，黃金光輝的背後或許隱藏著不為人知的生理缺陷、家庭缺陷⋯⋯。

她又想著從漁村移居城市，已經超過半個世紀，生活在家裡、小餐館、以及附近的傳統市場打轉，所接觸的人群主要是親友、鄰里、攤商和餐館裡的顧客，她知道時間推動歷史前進、臺灣已經由農業時代來到了科技數位時代、由幽微封閉的農村跳躍到國際地球村。特別是在明輝過世後的近二十年之間，她深刻感受到隨著科技的進步，由人工智慧、物聯網、臉書、視頻、電話群組賴在一起的當代，和過去是如此不一樣。在變動快速、萬象流轉的時空背景中，她深刻感覺到，周遭近幾十年來所發生過的很多事，她都不曾置身事外。而在生活波瀾起伏中，最感欣慰的是，周遭有一群親朋好友，保持不變的互動與關懷。親情、友情為平淡的生活，帶來了安慰與豐富的色彩。

隨著時代進步，交通越來越發達，以前曠日廢時的路程，現在半日內便輕鬆來回。當車子已經回到家門前，她還在繼續想著每一種人生，都有幸運、有遺憾，有美好、有煩惱。她知道自己是個框外的微微庶民，一生謹小慎微地在市井一隅的底層討生活，沒有財富數字可以誇耀這輩子的世俗成就，與所謂的社會地位更是遙不可及，但是這一路走來還是擁有很多美好時光，人生如果必須照原來的方式再過一遍，她願意接受。

那天夜裡，她繼續想著，不管距離生命的終點還有多遠，希望自己能夠像明輝一樣，心平氣和過著告別人世前的每一分鐘。她上床頭一貼到枕頭就睡著了。夢中，耳際海浪聲音低沉、節奏緩慢，白雲悠遊在湛藍的天空上，明輝挽著她漫步在白色的沙灘上。

後記

二〇一四年十二月三十一日，是我職場生涯的最後一天。退休之前，我經常在人潮退了以後，單獨去辦公室附近的菜市場旁一家小吃店午餐。老闆娘何金姑大姊，有時候會來坐我旁邊休息、話家常、聊她自己及親友的故事。多年下來，她與她口中的親友，個個在我的腦海中彷彿都變成熟人。退休之後，我經常上住家附近的市場買菜，佇足與攤商、街坊鄰居話家常，發現在我自己的生活周遭，也有很多類似她說過的那些人、那些事，而在人口結構的金字塔裡，八成是平凡的庶民百姓，這些市井故事，正反映了數十年來臺灣社會由過去的封閉單純，走向現代的多元的普遍樣貌；於是，我將那些故事，融進這本書裡面。

人生在世莫過百年，而百年時光，在宇宙歷史只是瞬間！時間繼續流動，社會現象日新月異，今日我來到昨日駐足的人類歷史長河邊，眼前流過的水已經不是昨日的水。人的記憶是有限的，過去曾經發生過的事件，很快就被遺忘！社會百態、生活包羅萬象，我的書寫僅能輕觸眼前掠過的吉光片羽人間印象，但我衷心期盼，在萬象流轉的文明演化進程中，市井一隅的庶民百姓曾經這樣過生活的記憶，烙印在這本書的文字紀錄裡。

誌謝

謝謝外子木成的支持和鼓勵，讓我得以隨心所欲，埋首書寫。

感謝好友王玉梅提供封面圖片。

感謝好友江寶珠、古蕊禎、林德坤、郭志華、許芳美、詹綉燕、劉雪卿，因為有你們所提供的建議和不厭其煩花時間幫忙訂正除錯，這本書才得以順利完成。

大家一路陪伴的溫馨，我永誌不忘。謝謝你們。

語言文學類　PG2351　秀文學34

漫步市井聽故事

作　　者 / 劉玉梅
責任編輯 / 杜國維
圖文排版 / 詹羽彤
封面設計 / 劉肇昇

發 行 人 / 宋政坤
法律顧問 / 毛國樑　律師
出版發行 / 秀威資訊科技股份有限公司
114台北市內湖區瑞光路76巷65號1樓
電話：+886-2-2796-3638　傳真：+886-2-2796-1377
http://www.showwe.com.tw
劃撥帳號 / 19563868　戶名：秀威資訊科技股份有限公司
讀者服務信箱：service@showwe.com.tw
展售門市 / 國家書店（松江門市）
104台北市中山區松江路209號1樓
電話：+886-2-2518-0207　傳真：+886-2-2518-0778
網路訂購 / 秀威網路書店：https://store.showwe.tw
國家網路書店：https://www.govbooks.com.tw

2019年12月　BOD一版
定價：390元

國家圖書館出版品預行編目

漫步市井聽故事 / 劉玉梅著. -- 一版. -- 臺北市：
秀威資訊科技, 2019.12
面； 公分. --（語言文學類；PG2351）(秀
文學；34)
BOD版
ISBN 978-986-326-760-7（平裝）

863.55 108019054

讀者回函卡

感謝您購買本書，為提升服務品質，請填妥以下資料，將讀者回函卡直接寄回或傳真本公司，收到您的寶貴意見後，我們會收藏記錄及檢討，謝謝！如您需要了解本公司最新出版書目、購書優惠或企劃活動，歡迎您上網查詢或下載相關資料：http:// www.showwe.com.tw

您購買的書名：____________________

出生日期：________年________月________日

學歷：□高中（含）以下　□大專　□研究所（含）以上

職業：□製造業　□金融業　□資訊業　□軍警　□傳播業　□自由業
　　　□服務業　□公務員　□教職　□學生　□家管　□其它______

購書地點：□網路書店　□實體書店　□書展　□郵購　□贈閱　□其他

您從何得知本書的消息？

□網路書店　□實體書店　□網路搜尋　□電子報　□書訊　□雜誌
□傳播媒體　□親友推薦　□網站推薦　□部落格　□其他__________

您對本書的評價：（請填代號　1.非常滿意　2.滿意　3.尚可　4.再改進）

封面設計____　版面編排____　內容____　文／譯筆____　價格____

讀完書後您覺得：

□很有收穫　□有收穫　□收穫不多　□沒收穫

對我們的建議：____________________

____

____

____

請貼
郵票

11466
台北市內湖區瑞光路 76 巷 65 號 1 樓
秀威資訊科技股份有限公司 收
BOD 數位出版事業部

（請沿線對折寄回，謝謝！）

姓　　名：＿＿＿＿＿＿＿＿ 年齡：＿＿＿＿ 性別：□女　□男

郵遞區號：□□□□□

地　　址：＿＿＿＿＿＿＿＿＿＿＿＿＿＿＿＿＿＿＿

聯絡電話：(日) ＿＿＿＿＿＿＿＿ (夜) ＿＿＿＿＿＿＿＿

E-mail：＿＿＿＿＿＿＿＿＿＿＿＿＿＿＿＿＿＿＿